帰ってきた日々ごはん⑦

高山なおみ

帰ってきた 日々ごはん⑦

もくじ

＊おまけレシピ

カバー装画・本文挿画　つよしゆうこ
カバー、扉、アルバムなどのデザイン　スイセイ
章扉手描き文字、本文・扉写真　高山なおみ
編集　村上妃佐子、浅井文子
編集協力　小島奈菜子
造本　アノニマ・デザイン

世の中はもう、動き出しているのかな。

一月一日（日）晴れ

明けましておめでとうございます。

今朝もまた、富士山が裾野までくっきりと見える。

母は八時半ごろ、教会の礼拝に行ったそう（みっちゃんが車で送ってくれた）。

私はぐっすり眠って十時に起き、朝風呂に入りがてらお風呂場を大掃除した。

二時間近くこもってやっていた。

母が教会から帰ったら、お昼ごはん。

ささやかな元旦のごちそうを、炬燵の上に並べた。

「明けましておめでとう」の挨拶をし、母の感謝のお祈り（けっこう長かった）を聞いて、三人で食べはじめる。

私とみっちゃんだけ、軽くビールで乾杯。

数の子、煮豚、白菜と大根のサラダ、真鯛の昆布じめ、お雑煮（大根、八頭、ほうれん草）。

みっちゃんは二階の畳の部屋（母の衣装部屋になっているのだけど、部屋の半分はいらない物が積み重なり、物置のようになっていた）を、徹底的に掃除してくれた。

ここは私がいつも泊まる部屋。

母はあまり掃除をしない人だから、ずいぶん埃がたまっていた。

カーテンをはずし、窓もピカピカに磨いてくれた。

畳の部分がとても広くなり、今部屋にあるのは祖母が昔使っていた鏡台と、タンス、古いステレオ（私たちが幼稚園のころからある）だけになった。

これから先、母に何かあったときに、私がいつでも帰ってきてこの部屋に泊まれるように。インターネットをつなげば、パソコンを持ち込んでここでも仕事ができるように。

そんなことも思い、今年は実家を大掃除するつもりで帰ってきた。

お昼を食べ終わったら、台所と居間も少しずつ大掃除。

夜ごはんを食べ終わってお風呂に入る前、母がいつもやっている気功を教わった。

腕や足をこすったり、首や体を傾けたり。

「はい、次はネコ」と言いながら、腹ばいになって体を伸ばしている母は、元気、元気。生きる活力がまだたっぷりある感じ。

二十分ほどやって、最後に肩をもみ合った。

母「なーみちゃん、お風呂に一緒に入るかぁ」

私「うん、いいよ」

お風呂に入りながら、クリスマスに神戸の教会へキャンドル礼拝に行った話をすると、母はとても喜び、興奮していた。

「♪ああベツレヘムよ、ちいさなまち」の賛美歌を、思い出しながら高らかに歌う母は、体を洗う手がすぐに止まってしまう。

おでん
ブリカマ塩焼き
大根おろし

一月二日（月）晴れ

今日も居間と台所の大掃除。

とちゅうからおでんを煮ながらやった。

午後、姉が家で使わなくなった棚を車で運んできた。

みっちゃんは自分の部屋で図面を広げ、仕事をしていたのだけど、すぐに組み立ててくれた。

「これを、なーみちゃんの本だけ集めた本棚にしたい」と母が言う。

なので、これまで私が送り続けてきた雑誌（すべてとってあった）や本を並べた。

夜ごはんは、おでん（ちくわ、静岡の黒はんぺん、厚揚げ、コンニャク、ゆで卵、大根、八頭）、ブリカマ塩焼き、大根おろし、鶏皮の甘辛煮（七味唐辛子）。

母とまたお風呂に入り、布団の中で絵本を読んで寝た。

一月三日（火）晴れ

午後にいちばん上の兄が帰省し、姉も駆けつけて、兄弟姉妹で話し合い。主には、母に何かあったときの相談だ。

母が希望するお葬式のこと（キリスト教にのっとった式を教会でやりたいのだそう。歌ってほしい賛美歌まで、ずいぶん前から決めてある）、遺産相続のこと、米寿のお祝いのことなど。

私はこれまで、お正月に実家に帰ることを十年以上も（二十年以上かもしれない）してこなかった。

でも、神戸でひとり暮らしをするようになって、こうして気軽に帰ってこられるようになった。

帰省するたびに、母と絵本の話で盛り上がったり、母の子どものころの話を聞いたり。とても勇気がいったけれど、スイセイと離れて暮らすことを決心したおかげで、思ってもみなかった新しいことに転じ、広がってゆく。

そのことを不思議に思う。

けど、そうなるようにできていたようにも、なんとなく、思う。

一月九日（月）　晴れ

いつもの神社のところまで中野さんをお見送りし、今帰ってきたところ。

中野さんに合わせたわけではないのだけど、私は自然にゆっくりと歩いていて、そしたらいろいろな細かなものが目に入ってきた。

木の実や葉っぱ、道に落ちている小石、小鳥の尾羽の色、塀のシミなどがくっきり見えてくる。

海のひとところが光っていたり、さざ波立っていたりするのを坂を下りながら眺めていると、「あー」とか「はー」とかしか声が出ない。

よく見たり感じたりしているときは、それだけでいっぱいになっているので、言葉が出てこない。

お喋りはしないけど、そういう空気を含めて交感し合っているのが分かるから、対話はしているんだと思う。

坂のとちゅうで、わずかな雨を先に感じたのは中野さんだった。

一滴、二滴くらいの雨。

お天気雨だ。

実家にいる間、私はまわりのスピードにのみ込まれ、ぐるぐるとせわしなく動いていた気がする。

こっちに帰ってきて、ひさしぶりに中野さんに会った日に、そのことに気がついた。

私が六甲に戻ったのは四日の夕方。

五日には中野さんがいらっしゃり、『ほんとだもん』の新しい原画とカバー絵を何枚か見せていただいた。

これまで描いた絵もすべて床に並べ、実家にいる間に少しだけ動いていた私のテキストとすり合わせたり。新しい絵を見たことで、またテキストが変わったり、最初に戻ったり。

六日には加奈子ちゃん（神戸に住んでいる絵本編集者の鈴木加奈子さん）がいらっしゃって、三人で打ち合わせ。

中野さんとふたりで、これしかないと決め込んでいた絵が、加奈子ちゃんの新鮮なひらめきのおかげで転がり、思ってもみない展開となった。

絵を入れかえただけで、見えないものが、見えてくる。

隠れていた匂いのような気配が、立ち昇る。

「もしかしたら、とってもおかしなことかもしれませんが……」とおっしゃりながら、加奈子ちゃんがひらめいた絵をはめたとき、私は体の芯がぶるぶるっと震えた。

ああ、そういうことをこの物語（主人公の女の子）は伝えたがっていたのか。

実際には、加奈子ちゃんが動かしたのだけど、人の手で動かされたという感じがしなかった。

中野さんが絵を描いている段階で、出てきていた何か。すでにあった見えない何かを、私たち三人は、同時につかまえた感じがしたんだと思う。

加奈子ちゃんの編集者としての目は、もちろん冴えていたのだけど、三人が同じ境地にいたから、それを見逃さなかったというか。

絵というのは、絵本というのは、いろいろに動いては物語が生まれる。

本当におもしろい。

七日は、電車を乗り継いで、奈良の三輪山に中野さんと初詣に行った。

いくつもある社《やしろ》でお参りするたびに、感謝の想いを伝え、安産のお守り（みっちゃんの娘のリカが五月に出産するので）と、災《わざわ》いよけの鈴のお守りを自分用に買った。

お守りを買った直後、私は財布を落とした。

私は焦り、猛烈に省《かえり》みた。

それはとても凝縮された、濃い時間だった。

けっきょく、ちゃんと届けてくださった方がいて、みつけることができたのだけど。

神戸に帰ってからのここ数日は、なんだか新しく感じることばかり。

いろいろなことがあって、日記に書ききれないや。

中野さんが泊まっていた間のごはんは、何を食べたのだっけ。

何を食べても、どんなものも、芯からおいしかった。

舌の感覚が開いたように、細かなところまで。すみずみまで。

今思い出すのは、白菜と豚肉のミルフィーユ鍋（中野さんがこしらえた）。

これがとくにおいしかった。

だしも水も入れてないのに、自分の体から出てきた水分のみで煮た白菜の、甘み、苦み、酸味。

中野さんともたくさん話した。

子どものころのこと、家族のこと、親戚のこと、学生時代のことなど話してくださった。

声を聞きながら、私の頭の中にはとぎれなく映像が浮かんでいた。

私もまた、ぼそぼそと話した。

どうして神戸にやってきたのか、どうして中野さんに出会い、こうして一緒にいるのか。

前からうすうす感づいていたことが、ここ数日の間に、ようやく言葉にできるようになった気がすることについて。

それは、こういうこと。

私は極端に自我が強く、誰にも押さえられないような、どうしようもない暴れん坊が心（魂というのかな）の中にいる。

というか、そのことはスイセイとの諍《いさか》いが増えた去年くらいから、ようやく自覚しはじめた。

暴れん坊は、私が本を作り続けるしつこさの源になっているのは確かなのだけど、ときに私を傷つけ、まわりも傷つけ、こわす。

だから、鎮《しず》めてくれる存在が必要なのだと、ずっと思っていた。

六甲のこの家は、空や太陽や風、雨や嵐、森、山、川など、人の力の及ばない、分からないものに囲まれている。

分からないものたちは、私の暴れん坊を鎮め、諫《いさ》めてくれる。

「分からない」ということ。

分からないからこそ、いろいろなものが浮かび上がり、物語が自然にわき起こる。

中野さんには体があり、生きている生身の人だけれど、中野さんも私を諫め、鎮めてくれる太陽や風のようなものと同じ仲間だと、私は感じているみたい。

中野さんの絵は、描き方は、人知を超えている。

そんなことをぽつりぽつり話していたら、耳を澄ますように少しだけ頭を傾け、じっと

塩鮭
ほうれん草とポールウインナーの
バター炒め

聞いていた中野さんが、「なおみさんは、オオカミから生まれたんですよね。世の中の人たちが、なおみさんを怖がるのは、そういうところなのかもしれません。でも、なおみさんには育ての親がたくさんいらっしゃる。スイセイさんもそのおひとりでしょ?」とおっしゃった。

ほんとうに。

私はオオカミから生まれたから、言葉が通じないと相手に噛みついたり、傷つけたりしてしまう。

これまでスイセイにもたくさん噛みついてきた。

よくがまんしてくれていたなあ。

スイセイにはずいぶん育ててもらったから、これからはもう、自分の力でやりなさいということなんだと思う。

それが、この世を生きる私のミッションの大半なのかもって思う。

この部屋で中野さんの絵に囲まれ、絵本を作りながら、文を書きながら、そういう力を身につけるのが、今年の、これからの、私の抱負です。

夜ごはんは、塩鮭(三輪山へ行く日におにぎりにした残りをほぐしておいた)、ほうれん草とポールウインナーのバター炒め、味噌汁(ワカメと大葉)。

一月十日（火）快晴

八時にいちど起きたのだけど、トイレに行ってまたベッドへ。

『ココアどこ わたしはゴマだれ』を読んだり、目をつぶったりしているうちに、泥のように眠ってしまう。

夢もたくさんみるし、いくらでも寝ていられる。

十時くらいに、ゆかりおにぎり（ゆうべのうちににぎっておいた）をひとつと、みかんを食べ、また眠った。

ゆらゆらと夢をむさぼっていたら、佐川さんから電話があり、起きる。

世の中はもう、動き出しているのだな。

このところのいろいろが深く楽しかったから、きっと、その分のくたびれもまたたまっているのだ。

今日は、パジャマのままゆらゆらと過ごそうと思う。

今、台所へ行ったら、大豆が水に浸けてあった。

そうか、ゆうべ寝る前に私がやったんだ。

そしたら大豆をゆでながら、読書の日としよう。

呼び鈴が鳴っても、出ないことにしよう。

慌ただしくてずっと読めずにいた、「和光鶴川幼稚園」のお母さん方の感想や手紙をふと思い出し、読みはじめる。

私はこれを、去年の十二月のうちに送っていただいたことさえ忘れていた。

読みはじめてすぐ、ひとりひとりのお母さんの生の声が聞こえてくるようで、ありがたく、涙が噴き出し、もうそれだけになってしまう。

『どもるどだっく』の絵本について、「強く感じていることがいっぱいあるのに言葉がままならなくて、うまく伝えることのできない子どもたちのかわりに、四歳のなみちゃんがお母さんに向かって教えてくれているようだ」とか。

読み聞かせのあとのお話会で、私が喋っていた言葉を、娘さんが私の体を借り、自分にお願いしていると感じてくれたお母さんもいた。

「料理を作るときに、どんなことを大切にしていますか？」という質問に対し、私はたしか、こんな話をした。

「料理家のくせに、手先があまり器用でないせいもあるけれど、野菜をきちんと揃えて切るとか、面取りをしたり、お皿にきれいに並べて盛りつけたりとか、料理をし過ぎないようにしています。

目の前の食材をじっと観察していると、どうやったらおいしくなるかとかいうのが、自然に分かってくる。あと、玉ねぎをじっくり炒めていたら焦がしてしまって、そしたらその焦げつきからカラメルが出て、混ぜているうちになじんで香ばしさが加わったとか……そういう偶然や、自然発生的なことを大切にしようとしています。

これはもしかしたら、子どもも同じなのかもしれないです。

何かをしなさいと強いられると何もしないけど、放っておくと、勝手にやりはじめる。

私は子どもを生んだことも育てたこともないので、自分が子どものころのことしか分かりませんが、子どもって、身のまわりの景色はキラキラしているし、ごはんはおいしいし、体を動かすのもおもしろくてたまらない。生きているだけで楽しくて仕方がないので、『邪魔しないで』って思います。

まわりと同じようにできなくても、怒ったりせずに、どうか見守っていてあげてください。みんなと同じようにできなくても、放っておいていいんだと思う。

自分で傷ついて、自分で泣いて、元気がなくなって。元気がないのはつまらないので、どうしたらいいかというのを自分で発明し、分かっていく気がします。

それに、みんなと同じようにできないのは、同じようにしたくないのかもしれない。子どもたちはむき身の体と心で感じるから、本当は、何でも分かっているんだと思う。

洋風雑炊
（大豆のゆで汁、大根、牛乳、味噌）

子どもの世界は、大人が考えているほどせまくないんだと思う」


私が『どもるどだっく』を作っていたときは、もう夢中だった。

ただひたすらに楽しくてたまらなかったから、四歳のなみちゃんに体ごと戻ることができた。

自ずと上ってくる言葉だけ綴り、見えている景色を、中野さんに描いていただくことができた。

夜ごはんは、洋風雑炊（大根、ポールウインナー、大豆、ほうれん草、大豆のゆで汁、チーズ、牛乳、味噌）。

一月十一日（水）快晴

八時半に起きた。

朝からよく晴れている。

セーターを着ていると、暑いくらい。

布団を干したり、シーツやらバスタオルを洗濯したり、ひさしぶりにあちこち片づけた。

さーて、今日から『帰ってきた 日々ごはん③』のパソコンでの校正作業をはじめよう。

今日からはじまる私の新しい生活。

私の仕事はじめ。

そして今日の海は、太陽が当たった一ヶ所だけでなく、なぜだか全面がさざ波立ち、光っている。

キラキラチカチカ。

二時半まで『帰ってきた日々ごはん③』を集中してやった。

手紙を出したいのだけど、切手がないので郵便局まで歩いた。

いつもの神社でお参りし、川沿いにずっと下まで歩いた。

ここが、私の最寄りの郵便局。

はじめて来てみたのだけど、こぢんまりとしてとってもいい雰囲気のところだった。

吉祥寺でいつも通っていた郵便局に、空気が似ている。

そのあとは、なくした帽子を探しに歩いてまわる。

まずは図書館へ、そしていつものスーパーへ（ここがいちばん怪しいので、落とした翌日にも確かめにいった）。

今日は、スーパーにいる係の女の人も、警備室の人も、とても親身に対応してくださった。

ねんのため、また名前と電話番号を伝えたら、すでにノートに記してあった。

前回の警備員さんは、とてもそっけない感じがしたのだけど、ちゃんと書いておいてくれたのだな。判子も押してあった。

もしも届けがあったら、電話をくださることになっている。

もしやと思い、その前の日に行った「めぐみの郷」でも聞いてみた。

レジの女の人が、忘れ物ノートを開いて見てくれた（この人もとっても感じがよかった）が、やっぱりここにもなかった。

いったい、どこに行ってしまったんだろう。

赤い木の実みたいなのが、ぽつぽつと編み込まれている、大切な茶色い毛糸の帽子。

この帽子は、中野さんが家族旅行で倉敷に行ったときに、お土産で買ってきてくださった。

じつは、神社でお財布を落とす前の日に、この帽子をなくした。

私は神戸に来てから、よく物をなくすようになった。

バスに乗って、坂を上り、帰ってきた。

帰ってきたら、東京でお世話になっていた雑誌の編集者さんから電話があった。

料理の撮影に、神戸まで来てくださるとのこと。

ありがたいなあ。

企画の内容が、ちょうどこのところ作っているひとりのごはんに近いもの……どうしよう、やってみようかな。

夜ごはんは、真鯛の西京漬け（椎茸と壬生菜《みぶな》のバター炒め添え）、味噌汁（小蕪、大豆）、塩昆布、もろみ味噌、ご飯。

一月十二日（木）快晴

七時に目が覚めた。

太陽が海の上の雲から顔を出し、ちょうど昇ろうとしているところだった。

しばらく目をつむり、八時に起きる。

もう、太陽はずいぶん上に昇って、たまらなく眩しい。

海も黄色に光っている。

玄関を開け、鰯の干物（きのう塩水に浸け、干しておいた）を風通しのいいところに干し直した。

朝ごはんを食べ終わり、管理人さんに流しの詰まりを直していただいた。

「こんなんですが、私に直せることやったら何でもいたしますので、いつでも声をかけて

おからチャーハン
白菜と大根のおつゆ

くださいね。では、お邪魔しました。えらいすいません」

お願いをしに下へ下りると、管理人さんはいつでもすぐに来てくださる。

本当にありがたい。

今日はなんとなしに試作のようなことをして、フライパンの中の様子や変化のポイントを見逃さないように、レシピを書いたりしている。

なんだか私、料理家みたい。

雑誌の仕事、やってみようと思う。

器のスタイリングもアシスタントも、マキちゃんに手伝ってもらえば、できそうな気がする。

締め切りのスケジュールが近過ぎるけども、東京では当たり前のことだから、がんばってみようかと思っていたところに、メールが届いた。

「ゆっくりめに予定を組み、次の号で改めて、高山さんのやりたい方向でページ作りをしませんか?」とのこと。

わ! 本当に、ありがたい。

夜ごはんは、おからチャーハン（塩鮭、卵）、白菜と大根のおつゆ（湯豆腐の残りでうどんを作ったときの汁を薄め、ほうれん草を加え、塩で味をととのえた）。

一月十三日（金）
快晴一時曇り

今日は、原稿の校正を、いったいいくつやったんだろう。
三つかな、四つかな。
三つだ。
メールも電話もたくさんあった。
最近、間違い電話もやけに多い。
いつも「竹田さんですか？」という電話。
そしてみんな、セールスっぽい感じの人からだ。
電話番号がうちと同じらしいけど、どうなんだろう。
「気ぬけごはん」も書きはじめた。
三時ごろ、ベッドの上で陽を浴びながら編み物をしていた。
ふと窓を開けると、雪が舞っていた。
ふらふらふらふら。
この間より量の少ないお天気雪だ。
夕焼けは、西の空の雲の縁が茜色（上だけ）。

そして下は、ハッカ飴のような水色。

夜ごはんは、トマト雑炊（大豆のゆで汁、白菜、人参、ポールウインナー、固形スープの素、ハリサソース、トマトペースト、牛乳、冷やご飯）。

粉チーズをふりかけ、『ムーミン』を見ながら食べた。

一月十四日（土）
晴れ、風強し

七時半少し前に、海の上の雲から陽の出。

カーテンをサッと開けてパッと閉め、また寝た。

八時に起き、お風呂の中でセーターを洗って干した。

押し洗いの仕方を調べたら、動画つきで出てきたので。

最近は、何でもパソコンで調べることができ、とっても便利。

さて、今日は「気ぬけごはん」を本格的に書きはじめよう。

一話を書き終わったあたりで、スイセイから電話がかかってきた。

受話器を取ると、間髪入れずに「スイセイ」と、ひとこと。

慌てているわけでも、早口なわけでもないのだけど、むだのない最低限の挨拶がスイセイらしく、なんだか懐かしかった。
スイセイが調べた統計によると、全国的に一月中旬の今の時期がいちばん寒いのだそう。これから寒波も来るとのこと。
私「へー、そうなんだ」
ス「へーって、知らんのんだ。みぃは、そういうことが気にならんの？」
私「うん。うちは冬じゃないみたいにあったかいの。陽が当たると暑いくらい」
本当に、うちのアパートメントは暖房をつけなくても春のように暖かいし、テレビがつかないからニュースも知らない。
山の家の寒さについて、寒さのしのぎ方について、スイセイはたくさん話してくれた。樋《とい》を伝って落ちてくる雨水をためておいて、農機具を洗ったりもしているそう。少ない荷物の中でやりくりし、命をつないでいるような感じがとてもスイセイらしいし、すごくおもしろい。
私「山登りの人みたい」
ス「そうなんよ。最近、植村（直己）さんのこともよう考える。あと、アムやカトキチが移住したばかりのころに、どうやって北海道の冬をしのいでいったかとか。一年目はどうじゃったか、二年目はどうじゃったかとか、気になるんよのう」

もっと話を聞いていたかったのだけど、生命保険の方がいらっしゃり、電話を切った。

ひと仕事して、「コープ」へ。

小麦粉、キャベツ、洗剤、トイレットペーパー、ティッシュなどたっぷり買い、パン屋さんにも寄って、大荷物で坂を上った。

海の見える公園でひと休み。

リュックの背負いヒモを担ぎやすいようにきつく締め直し、水を飲んだ。

キンと冷たい水のおいしかったこと。

手の平にすくって、立て続けに五杯飲んだ。

最近、坂道を上っていて、ふと、ここはそんなに急ではないな、ほとんどなだらかだと感じることがある。

下だけ見て歩いていると、目の加減でそれほど斜めには見えないからか。

いちばん最後に控えている坂は、さすがに急だけど。

とちゅうで、茶色と灰色の可愛らしい子犬をいつも散歩させている女の人とすれ違い、挨拶を交わした。

「私たちも（子犬のことも含まっている）これから、パン屋（私のパン屋さんの袋を見て）へ行ってきます。雪が降るとこの坂道は凍るから、車はもちろんスリップするし、歩くのも、こういうところ（柵のこと）につかまって下りないと、滑って大変なんです。三年に一回くらいあるんです。でも今日は、降りそうもないか。大丈夫そうですね」

坂を上りつめたところで、西の空のクリームパンみたいな雲に、幅広い金色の縁どり。

家に帰り、買った物をリュックから出してみて驚いた。

私は薄口醤油に牛乳、ツナ缶（三つ入りのパック）、なたね油の大きいパックまで買ったんだった。どうりで重たいわけだ。

タクシーに乗るつもりで買い物し、やっぱり歩けそうだから歩いてしまおう……となった。

私は今日、スイセイがとても元気そうだったから、感謝の気持ちを表すには、重たい荷物を担いでこれくらいの坂道を歩かなければ気がすまなかったんだと思う。

夜ごはんは、ひとり豚しゃぶ鍋（豚しゃぶ用の薄切り肉、絹ごし豆腐、えのき、壬生菜。薬味は大根おろし、赤柚子こしょう、ねぎ、ポン酢醤油）。お豆腐をいっぱい食べたので、ご飯はなし。

夜、お風呂の掃除をしながらゆっくり入った。

出てきたら雪が降っていた。

夜景が見えないから、霧かな……と思って窓を開けたら、降っていた。

白いのが、舞ってる舞ってる。

モミの木はうっすらと白。

モミの木の隣の木は、真っ白。

向かいの建物の屋根にも積もっている。

あったかいお酒が呑みたくなって、梅酒のお湯割りを作り、二階のベッドによじ上ると、もうずいぶん弱まっていた。

このまま止んでしまうのだろうか。

お風呂に入る前、ちょっと冷えるような気がして一階の部屋のヒーターを入れたとき、すでにもう降っていたのかも。

一月十五日（日）
晴れ、雪

朝起きて、カーテンを開け、朝陽が昇っているのをちょっと見て、また仰向けになった。

青い空に、白いものがふらふら。

おや？　と思って下を見たら、雪が積もっていた。

うっすらだけど、屋根は真っ白。

本格的なお天気雪だ。

あとで朝ごはんの前に、森の入り口まで上ってみようかな。

行ってきました。

中に入り、杉の木の五人兄弟（勝手にそう呼んでいる）が踊っているところまで歩いた。

森の中はけっこう積もっていた。

ところどころ、落ち葉が見えるくらいの積もり具合。

雪を踏みしめ歩いた。キクキクと音がした。

枝間から差し込んでくる陽の光の中を、粉雪が斜めに舞っていた。

まるで金の穴から、金色の埃が吹き込んできているようだった。

森の中は、とてもいい匂いがしていた。

空気が清冽《せいれつ》なのは同じなのだけど、夏とはまた違った緑の匂い。

もっと深々とした、お茶みたいな匂い。きれいな緑色の。

夏が中学生だとしたら、今朝の森の緑は、四十代くらいの匂い。

さて、朝ごはんだ。

今日は「気ぬけごはん」をやろう。

雪は、そのあともときどき舞っていた。

神戸風牛スジ煮込み
豆腐入り卵雑炊

強くなったり、弱まったり。

でも、晴れているからか、ちっとも積もらない。

舞いながら、下に落ちるまでには溶けてしまう。

あるいは道路の熱で溶けてしまう。

「雪は降りますけど、降ってもすぐに溶けてしまって、積もることはめったにないです」

神戸の人たちがみな口を揃えて言っていたのは、これだったんだ。

夜ごはんは、神戸風牛スジ煮込み、豆腐入り卵雑炊（ゆうべの鍋の残りの汁で煮た。ゆで大豆、壬生菜、天かす、万能ねぎ、味噌）。

一月十七日（火）晴れ

とても暖かい。

お昼過ぎに、中野さんと八幡さまで待ち合わせ。

一週間ぶりにお会いした中野さんは、なんだか輪郭が薄茶色い。

髪が茶色っぽいだけでなく、顔の色というか、顔のまわりというか……体のまわりも。

逆光で見ているせいかなと思い、隣に立って見直しても、やっぱり薄茶色い。

鼻声で「寒いですね」と言って、ぶるぶる震えてらっしゃる。

今日はとても暖かいのに。

中野さんはもうすぐ東京で展覧会があるから、絵を描いたり額縁をこしらえたり、ものすごくがんばったのだ。

それに中野さんが住んでらっしゃるところは、神戸よりもずっと寒く、絵を描いている部屋（ほら穴と呼んでいる）も底冷えがするくらい寒い。

ここまでくる間に乗っていた電車も、ずっと寒かったのだそう。

図書館に行く前に、温かいおうどん（中野さん、ほのかに中華が混じったような卵とじうどん。私、梅干しとおぼろ昆布のうどん）を食べたら、ようやくいつもの中野さんに戻った。

絵本を借りて、厄神さん（厄神厄除大祭）のための出店を準備している、八幡さまの賑やかな参道を通り、「いかりスーパー」で軽く買い物し、男坂を上って帰ってきた。

中野さんの自作絵本『ほのちゃん』が二十日に出るので、今夜はそのお祝い。

レバーの入った大きなハンバーグを焼いて、椎茸と粒マスタード、チーズ入りのクリームソースをかけ、オーブンで焼く予定。

台所で私が支度をしている間、窓辺に腰掛けていた中野さんは、同じ雲をずっと見ていた。

レバー入りハンバーグ・グラタン
白菜と人参の塩もみサラダ

ときどき「なおみさん、見てください」と声をかけられる。

中野「ほら、あそこ。煙突の煙の先を、雲が食べているんです。ほら食べた。あの雲、へんな形だなあ」

それは、亀の甲羅みたいにこんもりとした山の形の雲。

左端が口になっていて、その反対側は象の鼻みたいなのが細く伸びている。

私が玉ねぎを炒めて冷まし、鶏レバーを刻み、牛乳でふやかしたパン粉と卵をひき肉に加えて練っている間も、まだ見てらっしゃる。

中「なおみさん、どんどん形が変わっていますよ」

立ち上がって腰を曲げ、窓に顔を近づけ、ポケットに両手をつっこんで見ている。

そのあとも中野さんは、雲が完全に消えてなくなるまで見ていた。

こういうのがきっと、いつか絵になり、お話になるのかな。

オーブンでハンバーグ・グラタンを焼いている間に、『ほのちゃん』を朗読してくれた。

この絵本は歌になっている。

見返し（表紙の裏のところ）に描いてある楽譜を見ながら、私も一緒に歌った。

夜ごはんは、レバー入りハンバーグ・グラタン、白菜と人参の塩もみサラダ（玉ねぎドレッシング）、赤ワイン。

めずらしく「酔っぱらってしまいました」とおっしゃって、先にお風呂に入った中野さんは、八時半には寝てしまった。

やっぱりとてもくたびれている様子。

きっと、展覧会のために、精魂を詰め込んだんだ。

この展覧会は、〝ぼくたちのサーカス〟というタイトルで、一月二十六日から西荻窪の「ウレシカ」で開かれます。

新しい絵本『ほのちゃん』の原画と、紙版画がたくさんと、描きおろしの絵。

東京のみなさん、よろしかったらぜひお出かけください。

一月十八日(水)
明るい曇り

今朝は十時から『ほんとだもん』の打ち合わせ。

小野明(デザイナーとしてのお名前は羽島一希)さんと加奈子ちゃんがいらっしゃるので、七時半に起きた。

私が身支度をしているうちに、中野さんが掃除機をかけてくださる。

中野さんは元気。

きれいに清められた一階で、絵本で使われるかもしれない描き文字を書いた。

インクをつける式のペンで。これはGペンというのかな。

父が生前、ペン習字で使っていたのを、この間お正月に帰ったときに実家でみつけ、もらってきた。

私はいままで画材屋さんで買ってきたペンに、使い方もよく分からずにインクを何度もつけながら絵を描いていたのだけど、中野さんに描き方を教わった。

描き方というか、インクのつけ方。

力を入れて描いても、太く描いても、何をしても自由なことも教わった。

使い終わったら、水では洗わずに（錆びてしまうから）ボロ布やティッシュでぬぐって、それでもまだこびりついているインクは、布の先をツバでちょっと濡らしてぬぐえばきれいになることも。

すべて書き終わったら車の音がして、原画の宅配便と、小野さんと加奈子ちゃんが同時に到着した。

ドアを開けたとき、玄関に並んで立っていたおふたりともが、まったく同じようにマフラーをぐるぐる巻きにしてらした。

加奈子ちゃんのは赤い木の実の柄、小野さんのはメキシコのポンチョみたいな明るい色の縞模様。

「小野さんはきっと、青い服を着てらっしゃいますよ。靴下は、けっこうカラフルなのをはかれるんです」と中野さんが言っていた通り、青いシャツにレインボー柄の靴下の小野さんは、床に並べた原画をご覧になって、「うーん、うーん」と唸りながら、とても感じていらっしゃる。

言葉で説明しなくても、小野さんにはすーっと伝わる。

ペンの描き文字よりも、鉛筆の方が線の太さが合いそうなことが分かり、三人が何やら打ち合わせをしているのを遠くで聞きながら、私はまたひと通り書いていった。

なんとなくだけど、自分の内に小学二年生の女の子が上ってきているような感じがしながら。

原画をしまい、打ち合わせがすべて終わってからお出ししたお昼ごはんは……。

まず、キャベツのシチー（サワークリームのかわりに、ヨーグルトの水分を漉《こ》してできたクリームに、ディルとパセリを刻んだものをのせ、スープに混ぜながら食べた）。

小野さんは昔、「クウクウ」にもよく来ていたから、なんとなくそんなメニューになったのだけど、そういえば「キャベツのシチー」は、塩豚とキャベツのスープにヨーグルトを加えた煮込み料理にそっくりな味がした。

それはたしか、「コーカサス風塩豚とキャベツのスープ煮」という名前だったような。

あとは、アルザス風大根（これも「クウクウ」メニュー。塩をした大根を、出てきた水分ごとほんの少しのおろしにんにく、レモン汁、オリーブオイルで和え、ディルとパセリ）＆スモークサーモン、下仁田ねぎのとろとろ煮（玉ねぎドレッシング）、おから（干し椎茸、さつま揚げ）、ひたし大豆（切り昆布入り）、鶏レバーの醤油煮、カマンベールチーズ＆クラッカー（加奈子ちゃんのお土産）、すくい豆腐（下仁田ねぎ醤油）、ポルトガルの白ワイン（若い葡萄で作られた微発泡のもの。加奈子ちゃんのお土産）。

料理はこれでひと休みし、屋上に上って空や海や山を眺めながら、ポテトチップス＆千葉産の落花生（マキちゃんにいただいた、おいしいの）。

戻ってきて、土鍋ご飯（中野さんのご実家のお米で）、自家製鯛の干物、神戸風牛スジ煮込み（コンニャク、刻みねぎ）、おかか（だしをとったあとの）の甘辛煮、もろみ（自家製醤油のとちゅうにできた）。

小野さんはこのあと東京で仕事があるそうで、二時半くらいにお開きとなった。

ふたりが帰られてから、中野さんと焼酎のお湯割りをちびちび呑んでいたのだけど、急きょ『ほんとだもん』の原画を今日中にお送りしなければならないことになり……梱包し、宅配便に受けとりにきてもらったところで、ぐっと安心したのか急に眠たくなる。

卵雑炊（中野さん作・天かす入り）を食べて、七時半くらいに寝てしまう。

一月二十日（金）

曇り一時晴れ、雨、雹《ひょう》、小雪

朝、ゴミを出しにいったら、白いものがふらふらと舞っていた。

朝ごはんを食べているうちに、少しずつ明るくなって、今は晴れている。

雲は多いけど。

きのうは、中野さんをお見送りがてらバスで三宮に行ってみた。

海の方に向かって歩いたり、おいしそうなパン屋さんでカレーパンを買って、半分ずつ食べたり。

「大丸デパート」を越えたところにある路地には、いい感じのする小さなお店がぽつぽつと並んでいた。

気になる洋服屋さんをのぞいたり、雑貨屋さんをのぞいたり、サンドイッチ屋さんを窓越しにのぞいたり。

ウインドー・ショッピングは楽しい。

中野さんははちみつをすくう木の棒（先がクルクルしている）を、お父さんへのプレゼントに買ってらした。

そうそう、うちを出てバスに乗る前、いつもの坂道の神社の脇を下りていたときだ。何の話からだったか、「私は主観が強過ぎて、俯瞰《ふかん》してみることができないの。客観が苦手」と私が言った。

そしたら中野さんが、「なおみさんは、もっと主観にもぐっていったらいいんです。そしたら客観になれます」とおっしゃった。

そうか。

そういうことなのかな。

これでも、まだまだなんだ。

私は怖いんだと思う。もっと主観にもぐってしまってもいいんだという嬉しいような気持ちと、そんなにもぐったら、壊れてしまわないんだろうかという不安な気持ち。

そんなことをしたら、目を覆いたくなるような醜いものが出てきて、みんな、私のまわりから逃げていってしまうんではないか、とか。

でも、たぶん地べたに堕ちるその直前に、どこかが大きく開き、逆さになって、ふわりと舞い上がる。

空中分解して、バラバラになってしまうのではなく……という気もする。

きのうは、ウインドー・ショッピングのあと「ユザワヤ」に行き、ペン先（太い線が描ける種類の）と、スミレ色とカナリア色のカラーインク、ファスナー、黒い布テープなどを買った。

最近、いつも使っている小さな肩掛けバッグに留め口がなく、また財布を落としそうなので、かぶせるような布を当ててファスナーをつけようと思って。

「ユザワヤ」から出たらもう夕方で、暗くなりかけていた。うら淋しい気持ちが、ふーっと、押し寄せてきた。

中野さんは来週から東京で、しばらくの間会えないから、新開地で夕ごはんを食べながら軽く呑みましょうかと相談していた。

でも、「やっぱり、今日は帰ります」と伝えた。

帰ったら中野さんは、展覧会の準備がまだ残っているのだし、そろそろ私も自分のことをはじめなければ。

こんどお会いできるのは、『ほんとだもん』の次回の打ち合わせ。

その間、大阪の大学で対談の仕事もいただいているし、私にも宿題があるのだから。

『帰ってきた 日々ごはん③』の校正も、編集者にずっと待っていただいている新しい本（『たべもの九十九《つくも》』として二〇一八年に発行されました）のための「たべもの作文」も、そろそろ書きためていかなければ。

熊本でのトークの支度もあるし、「おいしい本」（「読売新聞」で連載中）の作文も。雑誌の料理の試作やら、レシピ書きだって。

心を切り替えようと思い、えいやっと別れ、帰ってきた。

六甲に着いて、「六珈」さんでコーヒー豆を買い、電気がついていたからギャラリー「MORIS」にも寄ってみた。

そしたら、大田垣蓮月《おおたがきれんげつ》さんという幕末時代の女の人（尼さんで、歌人でも陶芸家でもあったそう）の書の展示をやっていた。

このところ私もペンで平仮名をずっと書いていたから、たよたよとしたその字のやわらかさ、なのに強さも隠れ持っているみたいな線に見とれてしまう。

ひと通り眺めたところで、ふと思いつき、ヒロミさんにバッグのチャックのつけ方を相談してみた。

私のアイデアをお伝えすると、ヒロミさんは奥からお裁縫箱をさっと出してきて、マチ針を打って、縫いはじめのところまでやってくださった。

ヒロミ「ここは丈夫な方がいいから、返し縫いがよろしいでしょうね」

マチ針を打つときの布を触る手つき、糸の通し方、指ぬきをつけた針の刺し方、視線の落とし方。

うちの母は縫い物が苦手だったから、これまで誰にも教わったことがない私は、何でも自己流でやってきた。

年上の女の人から、まさかお裁縫を教えてもらえるなんて。

じんとして、涙がにじんだ。

そして、これから中国茶の先生がいらっしゃるとのこと。

「MORIS」で開かれるお茶会の、リハーサルをするのだそう。

お茶の先生の話は、前々から今日子ちゃんに聞いていたのだけど、なんとなくご年配の方を想像していた。

そしたら私よりもずいぶん若い、とても姿勢のいい身軽な感じの方だった。

机を動かし、机の上に置いた椅子の上に乗って電気の高さを変え、和紙をくしゃくしゃに丸め、乾いた蓮の葉をひとつひとつ袋から取り出し、机の一ヶ所に集め、その上に大きな木の丸盆をのせる……。

机にも、和紙にも、炭にも、茶器にも、自分の方からすーっと体を寄せ、体を曲げ、流れるように動いてらっしゃる。

踊っているみたい。

踊りというより、お祈りみたいに静かな動き。

準備が整って、今日子ちゃんとヒロミさんと私がお客になり、お茶会のリハーサルがはじまった。

お茶の葉の話（説明という感じではない）を少しだけ聞き、壁の書を目で見るのではなく、そこにあることを感じながら、蓮月さんの茶器で一煎、二煎、三煎、四煎目までいただいた。

四川省の蒙山《もうざん》というところで採れた、「一葉」という名前の紅茶だそう。

茶葉の形は、なんだか蓮月さんの書にも似ていた。

どこからやってきたのか、とても小さな白いクモがお盆のまわりを歩いたり、お茶がしたたる音を聴いているみたいに、じっとしたりしていた。

私にもいろいろな音が、よく聴こえていた。

自分ののどが、ゴクンと鳴ってお腹の方へ下りていったり。

一煎目のお茶はチョコレートのような甘い匂いがした。

二煎目だったか、三煎目だったか、飲み終わってからお茶わんを嗅いだら、この間、雪の日に森の中に入ったときの匂いがした。

緑の葉っぱがきれいな発酵をしたような。

混じりけのない、深々とした厚みがあるようでいて、軽やかな香り。

お茶の味も、匂いも、先生の声も、お湯を注ぐ音、手つきも、すべてがしんとひとつになっていた。

お茶って、こういうものなのか。

お茶会というのは、形式ばって堅苦しいものだと、私はこれまで濁った目でずっと見ていた。

赤いフードつきのセーターに、ふわっとした黒い木綿のスカート、毛糸の黒い帽子にスニーカー姿の先生は、目には見えないものをたくさん纏《まと》っていた。

目の前にいる先生の体がお茶の木で、お茶の雫を体を通して抽出し、透明な最後の一滴まで、残らず私たちはいただいているような。

そして先生の後ろには、高い山々が連なる険しい土地や、土の色、お茶の葉を育て、摘み、揉み、蒸し、干している人々……私にはお茶の知識などないけれど、そういう景色や寒さが見えた。

お茶に合わせてこしらえた今日子ちゃんのお菓子は、ガトー・ショコラを丸く型抜きし、そこに空けた小さな穴に、グレープフルーツのみずみずしいジャムが丸く詰められていた。

黒い大きな月と、小さな月（穴を空けたところ）が、黒い漆器に並んでいる。

外に出たらもう真っ暗だった。

こんなこと、一生にそう何度も味わえないだろうというくらいに、もったいないような時間だった。

お茶会はきっと、机を動かしたりする準備のときからはじまっていた。

一期一会とはこのことか。

いままでずっと、この空気の清い感じ、この心地よさは何だろうと思っていたのだけど、そうか、「MORIS」は茶室でもあったのか。

タクシーに乗って帰ったら、十時過ぎ。

夜ごはんは食べず、お風呂に入ってすぐに寝た。

お茶とケーキの合わさった、おいしい味が消えてしまうのがもったいないので。

ああやっと、きのうのことが書けた。

長々と読んでくださり、ありがとうございます。

今日は、『ほんとだもん』に添える小さな文を書き上げ、加奈子ちゃんにお送りした。

夜ごはんは、鍋焼きうどん（白菜、下仁田ねぎの青いところ、菜の花、卵、天かす、三輪山で買った七味唐辛子）。

一月二十一日(土)

曇りのち晴れ、時々小雪

七時半になる前に起き、カーテンを開けると、海の雲(このところ、雲だ雲だと書いているけども、本当は対岸に見える山のこと)の上から太陽が昇ったところだった。

今朝は曇り。

太陽は、線香花火のような橙色のまん丸。

うっすらと雲がかかっているのか、それほどには眩しくない。

見ている間にもどんどん昇って、海から離れてゆく。

下界では雪が舞っている。

台所に下りてお湯を沸かし、はちみつを溶かした甘い飲み物を作ってベッドに戻った。

最近はこれが気に入っていて、夜寝る前にときどき飲む。

パソコンを持ってきて、ベッドの上で『ほんとだもん』につける文をもういちど推敲した。寝ている間に上ってきた言葉に直す。

調子がいいので、続いて日記も書く。

きのうの日記が、ようやく書けた。

さて、そろそろ起きようかと時計を見たら、もう十時半なのだった。

ソーセージと壬生菜の炒めもの
納豆
味噌汁（豆腐、えのき）

太陽はすでに、空のまん中へん。

今日は、『帰ってきた 日々ごはん③』の校正をやろう。

今は二〇一四年の日記をやっているのだけど、広島にスイセイが帰ったり、山の家に行ったりすると、私はとりとめなく時間を過ごし、ひとり分のごはんを作っている。

適当な気持ちで作るから、できあがったごはんも適当な味で、ちっともおいしくなく『るきさん』に憧れたりしている。

ときどき山の家にも出かけては、雑草抜きに精を出し、一日が終わるとお風呂場で行水してさっぱりと着替え、夕陽が反射して茜色に移り変わる山肌を眺めたりしている。

山の家の空気が懐かしい。

当時の日記には書けなかったけれど、このころはよく、スイセイと深めの喧嘩をしていたことも思い出し、校正をしながら少し胸が痛くなった。

スイセイは今、あの山の家でどんなふうに暮らしているんだろう。

お風呂はどうしているのかな。

ごはんはちゃんと作って、おいしく食べているんだろうか。

夜ごはんは、ソーセージと壬生菜の炒めもの、納豆（卵、下仁田ねぎ醤油）、味噌汁（豆腐、えのき）、ご飯。

お風呂から出て二階へ上ると、煙突から上がっている煙の先を、いも虫みたいな雲が大口を開けて食べていた。

ぱくっ、ぱくっ。

そのうちいも虫は、羽を広げて本当に蝶になり、私はぷっと噴き出した。

一月二十三日（月）
晴れのち雪、時々曇り

さっきまでよく晴れていたのだけど、空が白いな、海も白いなと思って窓際に立つと、小雪が舞っているのだった。

近ごろはこういうことがよくある。

一日の間でも、お天気がくるくる変わる。

これが山の天気なんだろうか。

昼間は部屋の中が暖かいのだけど、窓を開けると空気がキンと冷たくて、陽が落ちるころにはさすがに寒くなり、ヒーターを入れる日々。

きのうエレベーターで一緒になった、いつも子犬を連れて散歩している女の人が、ぽつりと「寒いことは寒いですね」と、おっしゃった。

まさに、その通り。

このアパートメントは建物自体が暖かいので、「寒いですねえ」というほどの寒さではなく、部屋にいる分にはとても過ごしやすい。

この日記を書いている今も、太陽の熱の方が強いのか、雪は小さな雨粒くらいになった。

小麦粉くらいの雪。

雪と雪の間にも、隙間がいっぱい空いている。

窓辺に腰掛け、お昼ごはんを食べながら、雪が舞っているのを眺めた。

ミルクティーと菓子パン（とろりとしたメイプルシロップが中に焼き込まれている）。

さて、今日も『帰ってきた日々ごはん③』の校正をやろう。

きのう、ようやく前半が終わったところ。

パソコンに向かっている間、ちょっと目を離したすきに晴れてしまい、海も空もはっきりと見えるようになって、雪はすっかり止んでいた。

ああ、その移り変わりを見逃してしまった。

こんどは目をそらさずに観察しよう……と思いながら、またパソコンに向かっていた。

ふと窓を見ると、また真っ白。

さっきより大きな雪が舞っている。

豚の生姜焼き
白菜のせん切り＆ポテトサラダ添え
味噌汁（えのき、豆腐）

二階に上って窓を開けると、鳥の羽毛のような雪。

盛大に舞っている。

クリームシチューを温めて、あとで窓辺で食べよう。

しばらくは止みそうにないので、夢中になって『帰ってきた 日々ごはん③』をやっていたら、中野さんから木の人形の写真が送られてきた。

わっ！ すごい、すごい。

クリスマスイブの夜、お花屋さんからいただいたユーカリの実が頭になっている。

降りしきる雪と響き合っているような、とても静かな感じのする人形。

前と後ろにふたりの子どもがいる。

ふたりの関係は神話のような、何かの象徴のような感じもする。

飄々《ひょうひょう》とした明るさと、破茶滅茶さと、残酷さが入り交じっている。

『帰ってきた日々ごはん③』は夕方には終わり、村上さんにぶじお送りした。

夜ごはんは、豚の生姜焼き（片栗粉をまぶしてから焼いた。椎茸も厚切りにし、片栗粉をまぶして焼き、豚肉と共にタレにからめてみた）、白菜のせん切り＆ポテトサラダ（じゃが芋、ブロッコリー、玉ねぎ、ゆで卵）添え、味噌汁（いつぞやの。えのき、豆腐）。

一月二十四日（火）
雪のち晴れ

朝、七時半前に起き、カーテンを開けたら雪が舞っていた。

下の道路にも積もっている。

明け方から降っていたのかな。

ゆうべ私は、とってもいい夢をみたような気がする。

それを思い出したくて、お腹に手を当て、しばらくじっとしていた。

窓に舞う雪を眺めながら。

吹き上げられた雪が、ときおり窓については消える。

それは、心安らかに過ごせるおまじないのようなものを、誰か（天上にいる人のような気がした）から教わっていた夢で、布にも関係がある。

布に切れ目を入れて、それをお腹にのせるのだったか、たたんだものを二枚、重ね目をずらして置くのだったか。

ずっと前から構想のあるお話にも、ちょっと関係がありそうな夢。

目が覚めたとき、私はとても大きな心になっていた。

きっと、ゆうべ読んでいた本にも関係があるんだろうな。

中野さんの人形にも関係があるかも。

さて、今日は何をしよう……と思っていたら、加奈子ちゃんからメールが送られてきた。

それで、『ほんとだもん』の小さな文についてのことを、朝いちばんでやる。

帯文の候補も送られてきた。

さて、今日から「たべもの作文」をはじめよう。と書きながらも、今、オーブンから甘い匂いが漂っている。

マフィンを焼いているところ。

甘い物が食べたかったら、自分で作ればいいんだと気がつき、マフィンを焼こうとゆうべから決めていた。

レシピは、ずいぶん前の号の「暮しの手帖」に載っていた「わたしのマフィン」。

そこにある通りに作り、さっきオーブンに入れたところ。

「世界一おいしい、と言いたいマフィンがあります。なぜ、世界一おいしいと言いたくなるのでしょう。ぜひ一度、レシピ通りに、ここで紹介するマフィンを焼いてみてください。その理由がきっとわかります。森岡梨さんのマフィンが大好きになるでしょう」

この文句がたまらない。

マフィンの型がなかったので、プリン型でやってみた。

うーん、いい匂い。

今日はあとで、ミートソースも作る予定。『料理＝高山なおみ』のレシピで。

「たべもの作文」は、タイトルだけ打ち込んだまま、その先はまだちっとも書けない。書きたいことは上ってきているのだけど、メールの返事をしたり、台所へ行ったりと、ずっとうろうろしていた。

雪も舞ったり、止んだり。

夕方、また雪が舞ってきたので外に出たくなり、帽子をかぶってマフラーをぐるぐる巻きにし、ゴミを出しにいった。

粉雪の玉が紺色のコートの上に降りかかり、溶けずにたまる。

入り口のところまでゆっくりと坂を上り、森の匂いをかいで帰ってきた。

いちど帰り着いてコートを脱ぐも、物足りなくなってまた出かけ、坂を下りる。

ポストまでのつもりが神社までとなり、やっぱり「コープ」まで。

ちょっとだけ買い物をして帰ってきた。

五時に坂を下りはじめ、行って帰って五十分しかたっていなかった。

坂を上るの、私、早くなってきたかも。

「ずいぶん、なだらかだなぁ」と思いながら歩いていたし。

夜ごはんは、クリームシチューの残りの雑炊（朝の白菜サラダのにんにくが多過ぎたので、レモン汁、ディル、パセリ入りだったけれどかまわず加えて煮てみた。酸味がいい効果で、なかなかおいしくできた。ちょっとザワークラウトのスープみたいでもある。すでに煮込まれていたシチューの具は、コーン、ブロッコリー、椎茸、ソーセージ）。

一月二十五日（水）快晴

七時半に起きた。

ひさびさによく晴れている。

朝風呂に入る前に、「ユザワヤ」で買ったカラーインクで絵を描きはじめたら、止まらなくなってしまう。

ごはんを食べ、また描いた。

なんだか自由に描ける。とても楽しい。

四枚描いた。

サインもすんなり出てきたので、それに決め、日付けと並べて描いた。

そのあとは、仕事の電話がいくつもあった。

メールのお返事もいくつか書いた。

二階で洗濯物を干しているとき、首筋に陽が当たって暑いくらいだった。

そういえば、最近はめっきり屋上に干しにいかなくなった。

冬の洗濯物と屋上というのが、なんとなく結びつかないせいもあるのだけど。

冬の光は乾燥しているのか、二階の窓際はサンルームみたいで、シーツやバスタオルを折りたたんで干しておいてもよく乾く。

屋上の洗濯物は、やっぱり夏が似合う。

緑の山に白いシーツだ。

午後、もう一枚絵を描いた。

そして今日から、「たべもの作文」も書きはじめた。

きのうからの計画で、夜ごはんは餃子にしようと思って、白菜を刻んで塩をしたり、そこにニラを加えたり。

作文を書きながら、ひき肉にねぎと調味料を加えて練って、餃子の具もできてゆく。

作文もできてゆく。

とちゅうで掃除機もかけた。

窓の外は、水色の空から青、碧、蒼へと移り変わり、西の雲だけほんの少し茜色がさしている。

夕方には、「たべもの作文」を編集者さんにお送りした。

そろそろ餃子を包もうかなと思っていたら、今日子ちゃんから電話があった。

この間、ヒロミさんがおっしゃっていた椅子を、持ってきてくださるとのこと。

それで、じゃあ一緒に餃子を焼いて食べましょうということになった。

それは先週のお茶会リハーサルの日でのこと。

ヒロミさんが「年末になおみさんのおうちへ伺ったときに、窓辺に置いたらきっといいんじゃないかしらという椅子が、うちにあるんですけど、もしもお邪魔でないようでしたら、もらっていただけるかしら?」とおっしゃった。

写真を見ると、とってもいい感じのするアンティークの椅子。

「うちではもう使わずに、何年も置いてあって、埃をかぶってしまっていて、もらってくださる方を探していたんです」

今日子ちゃんも、「何人家族や……っていうくらい、うちには椅子がいっぱいあるんです。もらってやってください」なんて言う。

持ってきてくださった椅子は、たまらなく素敵なものだった。

イギリスの古いもので、ウィンザーチェアというのだそう。

背もたれの曲げ木にスティック状の木が並び、まん中に車輪みたいな透かし模様がある。

よく見ると、手で彫ったみたい。

肘当てに、タータンチェックの膝掛けなんか掛けておいたら、とってもよく似合いそう。「暮しの手帖」の花森さんが、絵に描いていたような椅子だ。

座ってみると、背もたれも肘当てもやわらかなカーブがあって、体をすっぽりと包み、支えてくれる。

そういえば、ムーミンパパの書斎の椅子が壊れたとき、古ぼけたその椅子はパパの体の一部みたいなものだったと、気づいた話があった。

村の仲間たちが、自分のとっておきの椅子を持ち寄ってくれたのだけど、どの椅子に座っても落ち着かず、パパはぼんやりしてばかりいて、病気のようになって、小説がちっとも書けなくなってしまった。

本当に、そんなふうな座りごこちだ。

そしてこの椅子は、椅子というよりチェアという感じ。

このチェアは本当にすばらしい。

今日子ちゃんはお手製のクッキーと〝おみかんジャム〟、小さな金柑もお土産で持ってきてくれた。

〝おみかんジャム〟は、クリスマスイブの夜に教会のキャンドル礼拝の帰りに寄ったとき、ちょうど作っているところだった。

明日もういちど煮るとかで、とちゅうまで煮た大鍋をベランダで冷ましていた。

そのときも、とてもいい匂いがしていた。

嬉しいな。

明日の朝ごはんでトーストにのせて食べよう。

ヒロミさんにも今日子ちゃんにも、私はいつもいただいてばかりいる。

私は自分の本くらいしかあげられるものがないのが、本当に申しわけない。

今日子ちゃんたちは、人に何かをあげるのがとても上手だと思う。

私はこれまで誰かにプレゼントをしたり、お土産をあげたりすることが苦手だった。

自分が作ったおかずや、タレとか、あとは気持ちや言葉みたいに、目に見えないものはたくさんあげられるのだけど、お店で売っているような形のある物に、心が収まらないような気がしていたんだと思う。

照れくさいような感じもあったし。

でも、神戸へ来てからは私も、人に何かを贈りたくなってきた。

中野さんはいつも、家族のために必ずお土産を買って帰る。

甘い物とか、甥っ子への小さなオモチャとか。

焼き餃子
ポテトサラダ

真似をして私も暮れに実家に帰るとき、姉の家とリカたちに、神戸の豚まんを買っていった。

餃子は、とてもうまくできた。

「暮しの手帖」に載っていたレシピを見て、羽根つき餃子にした。

二袋分の皮で包んだから、五十個近くあったと思う。

それを三回に分けて焼いて、焼きたてを三人で食べた。

ウスターソースをつけるのをお教えしたら、ふたりとも気に入ってくださった。

神戸のウスターソース（イカリ印）は濃過ぎず、さらっとしていておいしいから。

「これ、食べてもよろしいかしら」と何度か言いながら、ヒロミさんがたくさん食べてくれたのが、私はほんとに嬉しかった。

食後にお茶とクッキーを食べながら、またしてもお裁縫をしていただいた。

ホックか何かをつけなければ、開いてしまう手編みのバッグに、ヒロミさんがボタンを縫いつけ、今日子ちゃんがひっかける紐を作ってくれた。

夜ごはんは、焼き餃子（白菜、ニラ、豚ひき肉、下仁田ねぎの青いところ、オイスターソース、醤油、酒、片栗粉）、ポテトサラダ（ブロッコリー、ゆで卵、玉ねぎ、玉ねぎドレッシング、マヨネーズ、マスタード）。

一月二十六日（木）快晴

七時過ぎに目が覚めると、カーテンにオレンジ色が透けていた。

めくったらピカーッと朝陽が。

すぐ下の海も、大きな太陽と同じ色に光っている。

眩し過ぎるので、すぐにカーテンを閉めた。

しばらく目をつぶり、八時前に起きた。

今朝もまた、よく晴れている。

ゆうべ夜中にトイレに起きたとき、ヒロミさんにいただいたチェアの背もたれの隙間から、夜景のオレンジが透けていた。

それを見たら、なんだか心があたたかくなった。

もう何十年も前に、イギリス人の誰かが愛着を持ってこしらえたこの椅子がお店に並んだとき、たくさんの人が見たり、撫でたり、座ってみたりしたんだろうな。

そしてそれをヒロミさんが気に入って、手に入れ、長年（二十年以上とおっしゃっていた）腰掛けていた。

使われなくなってからは、本当に埃をかぶっていたかもしれないけれど、ヒロミさんと今日子ちゃんの暮らしの片隅にいつもあり、ずっと寄り添ってきた椅子だ。

もしかするとそういう景色が、私にも垣間見えたんだと思う。

もう何年も前に、『たべる しゃべる』で取材をしたとき、「タミゼ」の昌太郎君が「物は人を慰めてくれますから」というようなことを言っていた。

私はその意味が、ずっと分からなかった。

今なら分かる。

朝起きて、お礼のメールをすぐに書き、今日子ちゃんに送ったら返事が届いた。

「昨晩はご馳走さまでした。餃子にウスターソース、新しい発見でした。『椅子も良いところへ行ったねえ』と、ひろみは何度も言っています。私が同じことを何度も言うと『しつこい』と嫌な顔をするのに、ずっと言っています。しかしよかった！　よかった！」

ああ、本当に、よかったよかった。

洗濯物を干しているとき、何も音がしなかった。

静かな日曜日みたいな真っ昼間。

鳥も鳴いていない。

静かだなあ、音がしないなあと思ったら、「ぶおーー！」とひとつ汽笛が鳴った。

ふいをつかれて、笑ってしまうような音。

今朝もまた、絵を描いた。

切り昆布の炒め煮
切り干し大根煮
海苔の佃煮

今日子ちゃんにいただいた金柑の絵。

さて、「たべもの作文」を書きはじめよう。

きのうは「あ」がつく食べ物（アイスクリーム）を書いたから、今日は「い」のつく食べ物（いか）について。

もう書きたいことは決まっている。

これから一日にひとつ、日記のように書いていこうと思う。

暗くなる前には仕上がり、お送りした。

今日の夕暮れは、とってもゴージャス。

空の半分が茜色。

茜色は、四重にも五重にも層をなしている。

下の方は蒼が混じり、上は黄色で水色の空に溶けている。

私は窓辺のチェアに腰掛け、茜色が紫がかるまで見ていた。

夜ごはんは、切り昆布の炒め煮（みどりちゃんの本『わたしの器　あなたの器』を見て作った。薄味にしたら本当にパクパクと食べられる。青菜がなかったのでニラを入れた）、切り干し大根煮（干し椎茸、人参）、納豆、海苔の佃煮、味噌汁、ご飯。

一月二十八日（土）快晴

今朝は大輪のダリアの絵を描いた。

きのう、お花屋さんで買った。

「黒蝶」というダリアだそう。

臙脂色のビロードのような、とても惹かれる色。

そして今日は、大阪の大学でアートメディア論研究室の学生が対談のお仕事をくださり、午後から出かける。

料理の絵を描いているマメイケダさんという方とお話しする。

石橋駅は十三《じゅうそう》に近いので、終わったら河原町の「ｎｏｗａｋｉ」にまわって、筒井君とミニちゃんとごはんを食べる予定。

とても楽しみ。

では、行ってきまーす。

一月二十九日（日）霧雨

きのうは、とても楽しかった。

駅でマメちゃん（会ったとたん、あまりに名前にぴったりな娘だったので、そう呼ばせしていただくことにした）をひと目見て、キャンパスまでの道を歩きながらちょっとお喋りしている間に、私はすぐに好きになった。

まず、喋り方がいい。

こちらをちらっとだけ見て、すぐに目をそらすところもいい。

ひとこと何かを話すと、独特な間があく。

まったくの沈黙ではないのだけど、隙間というか、時間の流れ方が変わるというか。

たぶんその間に私の言葉や声、その周辺にあるいろいろな気配を体に入れ、咀嚼《そしゃく》しているんだなという感じの間。

私は道で拾ったとてもきれいな赤い欠片（拾ったとき、苺のキャンディーかなと思って、匂いを嗅いだら無臭だった。舐めてもみたけど、無味だった。たぶん、プラスチックか何かの破片）をあげた。

「きれいですね」とぽつりと言い、陽にかざしてにやにや見ていた。

そのときの反応も、とってもよかった。

マメちゃんとは、言葉ではない感覚のやりとりをしながら、子どもどうしみたいに遊べそう。

今日子ちゃんにもらった金柑もお土産に持っていったので、スケッチブックに絵を描いていただいた。

インタビューの内容もまた、学生たちがいろいろと考えてくれていて、なんだか可愛らしかったな。

大人の真似をしているみたいで。

でも、突然冴えたことを聞かれたりもし、ドキッとしたり。

終わってから電車を乗り継ぎ、「ｎｏｗａｋｉ」に行った。

筒井君が一階で「絵本塾」をしている間、私は二階でミニちゃんと絵本を読んだりして遊んでいた。

猫のゆきちゃんが、私のカバンの匂いを嗅ぎに何度もやってきた。持ち手のところをクンクンして、一度だけ舌を出した。

舌の先っぽだけ、ほんのちょっと、ペロッと。

舌の先が持ち手には届かなかったので、舐めてはいないのだけど、うっとりしているうちに舌が出てしまったみたいな可愛らしい感じになっていた。

ゆきちゃんは、私がいる間はまったく鳴かなかった。

とても静かに動く。

品のある、とてもきれいな猫。

私には見えない何かが見えるようで、宙に向かって前足を振りかざし、パンチしていた。

筒井君たちと一緒に行った（マメちゃんもとちゅうから参加した）和食のお店も、おいしかったなあ。

けれども今朝は、なんとなしに胃が重たい。

日本酒のせいなのかな。

ちょっとしか呑んでいないのに。

お腹もちょっとだけ壊れ気味。

今日は、中野さんが東京から帰ってくる日。

六時半くらいにいらっしゃるので、それまで横になっていよう。腹巻き巻いて。

ひと眠りしたら、ずいぶん元気になった。すっきりしている。

中野さんはきっと、展覧会でたくさんの人たちに会い、呑み疲れてらっしゃるだろうから、温かいおうどん（「ｎｏｗａｋｉ」のミニちゃんにいただいた手打ちうどん。そしたら、マメちゃんがアルバイトをしている「ｉＴｏｈｅｎ」という本屋さんのカフェで出している、ノブさんという方の手打ちうどんだった）を作る予定。

ひさしぶりにお会いした中野さんは、なんだかとても元気だった。

東京でのお土産話をたくさん聞かせてくださる。

月見うどん（中野さん）
たぬきうどん（私）

絵本の編集者さんたちのことや、きさらちゃんのことなどを聞きながらビールをちびちび呑んでいるうちに、私もすっかり元気になる。

夜ごはんは、月見うどん（中野さん。ほうれん草、天かす、ワカメ）、たぬきうどん（私。ほうれん草、ワカメ、天かす）、ビール。

夜、寝る前に、窓が真っ白になった。

海も空も街も、完全に真っ白。

こちらに向かってぶわぶわと膨らんでくるような、ぶ厚い霧が立ちこめていた。

一月三十日（月）
曇りのち晴れ

朝起きたら、うっすらと霧が出ていた。

朝ごはんに中野さんが作ってくれたのは、トーストを香ばしく焼いて半分に切り、半月のハムをのせ、玉ねぎドレッシングをちょろりとかけ、粉チーズをふりかけたもの。

中野さんは東京にいる間、玉ねぎドレッシングの味を思い出し、「ずっと食べたかったんです」なんて、嬉しいことをおっしゃる。

今日は一時からBL出版で打ち合わせ。

早めに出かけ、魚市場の近くの食堂でお昼を食べようということになった。

いつもの坂を下り、神社でお参り。

目には見えないくらいの霧雨（空気の隙間はたくさん空いている）が降っていて、私だけ傘を差して歩いた。

坂を下るにつれ、雲が分かれるように晴れ間が出て、バスで三宮に着いたときには完全に晴れていた。

海岸線という地下鉄に乗り、「中央市場前」で下り、駅の近くで海鮮丼を食べた。

中野さんはサーモンとイクラの親子丼、私はそこにマグロが加わった贅沢丼。

もちろんだけどお刺し身はとても新鮮で、マグロも濃厚な味で、ちょっと甘めのタレがかかっていてとてもおいしく、ペロッと食べてしまった。

ここは海に近いせいか、とても風が強い。

食べたあと、シャッターが閉まっている場内を少し歩いた。

刃物屋さんで、ずっと前から欲しかった生ワサビ用の鮫皮のおろし金をひとつと、昆布屋さんでとろろ昆布を買った。

ＢＬ出版で、小野さんのデザインを見せていただく。

すばらしかった。

切り昆布の炒め煮
切り干し大根煮
ミートソースのスパゲティ

ひとつも文句（意見）が出ない。

すべてがそうなるようになっていた、みたいなデザイン。

デザインした感じがない……といおうか。

三冊目の絵本『ほんとだもん』が、ぶじ着地しようとしている。

打ち合わせが終わり、三宮駅から中野さんとてくてく歩いた。

とちゅう、どこかの神社の下の公園でひと休み。

ベンチに座ったら、すーっと力が抜け、私はけっこうくたびれていた。

元気だったら、六甲まで歩いてゆけただろうけれど、けっきょく王子公園駅までにして、一駅だけ電車に乗って六甲へ。軽く買い物をして帰ってきた。

明るいうちに帰ってこられて、よかった。

窓辺に腰掛けを並べ、夕暮れの空を眺めながら、ビールと赤ワイン。

つまみはポテトスナック。

夜ごはんは、切り昆布の炒め煮、切り干し大根煮、ミートソースのスパゲティ（粉チーズ、タバスコ）。

食べているとちゅうに、中野さんが東京できさらちゃんと見た『耳をすませば』の話になった。

私も何度も見ている大好きなアニメ映画なので、主人公の雫と聖司君の話や、いいシーンの話をしているうち、私は主題歌の「カントリー・ロード」をたまらなく歌いたくなる。YouTubeで探しても、映画の中の歌（雫たちが歌っている）は出てこないので、『ゼロになるからだ』（覚和歌子さんの詩の本）を見ながら、「いつも何度でも」の歌をふたりで声を合わせ、はきはきと歌った。

中野さんは保育士時代に、この歌を子どもたちと何度も練習し、発表会で披露したことがあるそうだ。

そんな話も聞きながら、歌った。

それがなんだかやたらに楽しかった。

子どもどうしみたいで。

一月三十一日（火）晴れ

十時半まで寝てしまった。

起きてみると、なんとなく体が怠い。

私は呑み疲れているんだろうか。

お腹もすかない。

いつもの中野さんのコーヒーが、あまりおいしく感じない。

なのでお湯を沸かし、白湯を飲んだ。

胃袋が温まって、ようやくひと心地。

お昼に中野さんがご飯を炊いて、卵焼きを作ってくださった。

神戸風牛スジ煮込み丼（中野さん）、白いご飯（私。梅干し、大根おろし、しらす、卵焼き）。

さっき、川のところまでお見送りし、坂を上って帰ってきた。

それからは腹巻きをして眠る。

お腹に手を当てて温めながら、とろとろと眠っては覚め、うとうとしては目覚める。

絵本を読んだり、本を読んだり。

気づけばもう外は暗く、柱時計が七つ鳴った。

昼間のごはんの残りで、お粥（ほうれん草、卵）を作って少しだけ食べ、歯をみがいて寝た。

＊1月のおまけレシピ

神戸風牛スジ煮込み

牛スジ肉250g　コンニャク1枚　だし汁1カップ　青ねぎ
その他調味料（作りやすい分量）

神戸の牛スジ煮込みは、「空色画房」の打ち上げの席ではじめて食べました。甘辛くてこっくりとしたコクがあり、忘れられないおいしさでした。スジ肉と同じくらいの大きさに切ったコンニャクと、大根も入っていたような……。こってり味のそのわけは、仕上げに加える赤味噌。やわらかくゆでてから調味料を加えた方がスジ肉に味がよくしみるというのは、「めぐみの郷」で出会った奥さんが教えてくれました。


牛スジ肉は大きいままたっぷりの水で一度ゆでこぼし、アクを洗い流してから2、3cm角に切ります。コンニャクも同じくらいの大きさにちぎり、水から5分ほど下ゆでしておきます。

鍋に牛スジ肉とたっぷりの水（5カップが目安）を入れ、強火にかけます。煮立ったら弱火にしてアクをすくい、やわらかくなるまで1時間ほどゆでます。

ここにだし汁とコンニャクを加え、酒大さじ2、みりん大さじ1、きび砂糖大さじ1、醤油大さじ2で薄めに味をつけます。

弱火でコトコト1時間ほど煮て味をしみ込ませたら、赤味噌大さじ1を加え、煮汁が半分以下になるまで煮込みます。

器に盛って青ねぎをたっぷり刻んでのせ、七味唐辛子をふりかけてどうぞ。
※粗熱が取れたら容器に移し入れ、冷蔵庫で1週間ほど保存できます。炊きたてのご飯にのせ、キムチと温泉卵を添えて丼にするのもおすすめ。しめじや椎茸とともに、煮汁ごと炊き込みご飯にするとまたおいしい。紅生姜が合います。

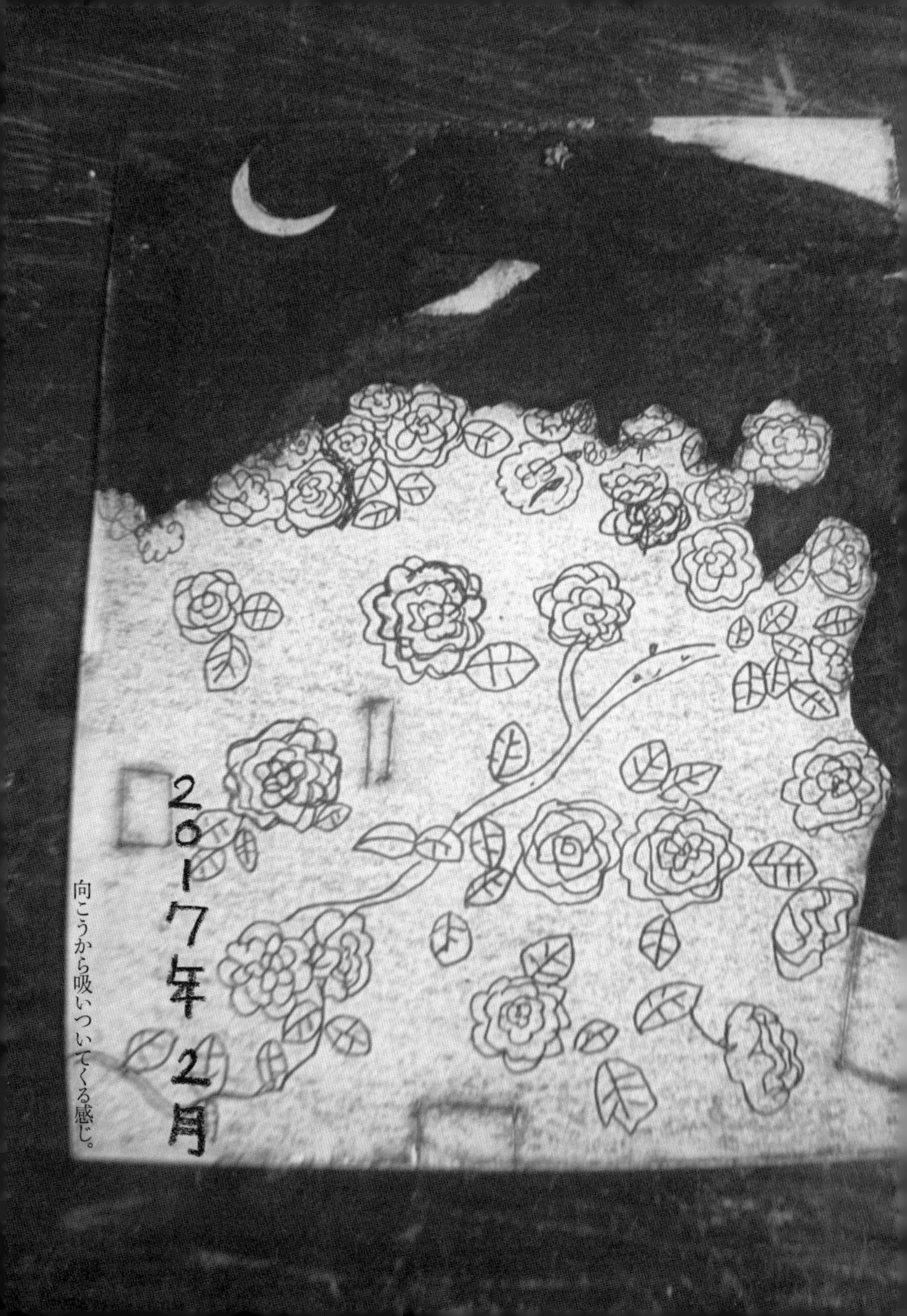

向こうから吸いついてくる感じ。

二月一日（水）
曇りのち晴れ

起きてみるも、まだ本調子ではない。

なんとなくのどがいがらっぽいような気がして、薬を飲み、また寝る。

『ほんとだもん』の「あとがき」のことでふと思いつき、加奈子ちゃんにメールを送っては、また二階に上って眠った。

「和光鶴川幼稚園」のお母さんの手紙を読んで、また眠る。

三時ごろ、中野さんから電話があった。

新しい絵本の打ち合わせのこと、絵本合宿のことなど。

私は寝てばかりもいられない。

あさってから熊本へ出かけるのだし、それまでにきちんと治そうと思い、夕方、厚着をして病院に行ってきた。

お腹からくる風邪だそう。

のども少し腫れているとのこと。

病院から帰ってきたら、もう七時。

ごはんを作って食べ、お風呂に浸かって温まり、薬を飲んで寝た。

鶏と蕪の薄味煮（あんかけ）
きのうのお粥

夜ごはんは、鶏と蕪の薄味煮（あんかけなので、きのうのお粥にかけて食べた）。

二月三日（金）快晴

七時くらいに明るくなってきたので、カーテンを開け、朝陽を浴びてしばらくしてから起きた。

太陽はもう海の真上。

とってもいいお天気。

朝からあちこちにメールの返事を書く。

二月の予定が詰まり過ぎてしまったので、ゆうべちょっと不安になり、スケジュール調整をしていただくために、あちこちにメールをお送りしていた。

まず、短編小説の依頼がとつぜん届いた。

とても迷ったのだけど、水がテーマだということで、エイッとお受けすることにした。

小説なんて頼まれたのははじめてだけど、なんだかワクワクする。

そしてそれは、絵本のお話を書くのと同じようにできるかもしれない……とも思って。

書きたいことも、もう上ってきている（すでにいくつかアイデアを走り書きしてある）。

締め切りは十五日。「おいしい本」も十五日。

あと、八日か九日に中野さんがうちにいらして、いよいよ絵本合宿（『くんじくんのぞう』の制作）をすることになった。

その間、その絵本の編集者も、東京から打ち合わせにいらっしゃることになった。

本当に申しわけないのだけど、先のばしにできる打ち合わせや撮影は、すべて後ろにまわしていただくことにした。

私はたくさんのことがいちどにできないし、風邪もどうなることやら、いまいち体調に自信がないので。

今日は、熊本の「長崎次郎書店」という本屋さんでトークイベントがある。

料理家の細川亜衣ちゃんも見にきてくださるとのこと。

楽しみだなあ。

では、十時になったら出かけます。


今、この日記は新幹線の中で書いています。

出てくるときに、坂のとちゅうのいつもの神社でお参りをしたら、果物やお餅のお供え物がしてあった。

紫の垂れ幕もかかっていた。今日は節分なので、十一時から豆まきがあるとのこと。

私も参加したかったな。

残念だけど、いつものようにお参りだけし、タクシーに乗った。

十一時十二分の新幹線で出発。

お昼ごはんは、ゆうべのうちににぎっておいたおむすび（ゆかり、しらす、すりごま）、卵焼き（中野さんが作ってくださったもの）。

こうやって新幹線に乗っていると、新神戸はとても便利なところだというのが分かる。

岡山まですぐだし、四国に行くにも岡山で別の電車に乗り換えればいいらしい。

山口駅を過ぎたあたりの長いトンネルは、海の中をもぐっているんだろうか。

外に出たらもうそこは、眩しい港だった。

鉄工場のような、古くて頑丈そうな建物が港の脇に見えた。

ここはもう、本州とはどこかが違う。

あ、次は久留米。

その次が熊本だから、そろそろ下りる支度をしなければ。

二月四日（土）曇り

九時半に起きた。

あまりよく眠れなかったけど、夜中にいちど起きたとき、六甲の家で寝ているのと勘違いし、トイレに行こうとしてベッドを下りる方向を間違えた。

ということは、それなりには眠れたんだろうか。

きのうのトークショーは、とても楽しかった。

熊本のファンの方々も、「長崎次郎書店」のスタッフの方々も、みな本当によくしてくださった。

あたたかくというより、熱く。もったいないような真心で、迎えてくださった。

だから私もがんばって、たくさん喋った。

喋り過ぎてのどがかれそうになった。

絵本も三冊（『ほんとだもん』のデザインラフをお見せしながら、はじめて公の場で読んだ）朗読したし。

『ココアどこ わたしはゴマだれ』も一部朗読した。

話はあちこちに飛び交い、話しながらも、会場にいる人たちに伝えたいことがどんどん上ってきた。

私の持っているものは、何でも差し上げたいという気持ちがせり上がってきた。

だから興奮し、汗もたくさんかいた。

サイン会が終わって、控え室（まったく控え室という感じではない。床の間も仏壇もある畳の部屋）に引っ込み、長崎次郎さんの遺影に向かって、「ありがとうございました」と挨拶をした。

そしたら次郎さんが、にやっと笑いかけてくださったみたいな感じがした。

「ようやった。なかなかおもしろかったばい」みたいな。

だからもういちど、仏壇に向かって手を合わせ、「ありがとうございました。また、ここに来させてもらえるよう、がんばります」とお伝えした。

サイン会が終わって、お隣の「Clasique《クラシク》」というビストロで、おいしいワインと、手の込んだ本当においしいお料理の数々（パテはもちろん、ハムや生ハム、サラミも自家製とのこと）をいただいた。

何を食べたのか書いてみようと思うのだけど……お店の方に料理の説明をきちんとお尋ねできなかったので、私の主観で書かせていただきます。間違っていたらごめんなさい。

前菜は、ハムやソーセージ、パテの山盛りの盛り合わせ（盛りつけが大胆ですごくかっこよかった。本当に山盛り、ぎっしり）、いろいろな葉っぱ（香草）と苺が繊細にからまった鯵（地元で採れた大きなものだそう）のカルパッチョ風の一皿、山羊のチーズを焼いたものがのったサラダ、牡蠣のポタージュ（何かの葉っぱのピュレが混ざっていたのかな、スープが薄い緑色をしていた）あとは、フランスに行ったときに食べられなかった、憧れのアッシェ・パルマンティエ（マッシュポテトとひき肉のグラタン）。

私の左隣にはずっと亜衣ちゃんがいて、右隣は入れ替わり立ち替わり違う方が座って、話しかけてくださった。

二次会へは、「長崎次郎書店」の社長（私よりうんと若い、少年みたいなみずみずしい青年）が熊本の老舗のバーに連れていってくださった。

メンバーは「フィッシュマンズ」が好きなスタッフの斎藤君（トークショーのとき、音響をやってくれた）、お客さんでいらした「かもめブックス」（東京の神楽坂にある本屋さんだそう）のオーナー、ブロンズ新社の佐藤さん、アノニマ・スタジオの安西君。

私は男の人ばかり（みんな年下）に囲まれて、金柑のカクテルをいただいた。

帰り際には、熊本銘菓のお土産まで。

地方にトークに出かけた中で、こんなに心のこもった接待を受けたのは、はじめてかもしれない。社長さんはきっと、自分の生まれた熊本のことが大好きで、自慢に思っているんだろうな。

脈々と受け継がれた歴史や、そこに暮らす人たちの当たり前の気持ち、生きる意気込みのきれいさを、ずっと感じていた。

そうか、これが接待というものなのか。

そういうの、私ははじめて知ったような気がする。

ホテルに帰ったら、夜中の二時をまわっていた。

お風呂に浸かって温まり、腹巻きをしてすぐに寝た。

今朝はホテルで朝ごはんを軽く食べ、十一時にチェックアウトし「tartelette《タルトレット》」という小さなお店で、この日記を書いている。

ここはきのう、「長崎次郎書店」の大村さん（今回のトークショーを企画してくれた女の子。『どもるどだっく』が出たときから、私を呼んで何かの会をしてほしいと声を上げ、長い時間をかけていろいろな準備をしてくださった）が教えてくれた。

大村さんからいただいた手紙には、こんなふうに書かれていて、神戸にいるときからぜひ行ってみたいと思っていた。

ちょっとここに、書き写させてもらいます。


「tartelette」は長崎書店近くの、小さなカフェです。タルト、キッシュ、それぞれ限られた生地の中で表現される季節はほんとうにおいしく、新鮮です。店主、岩下さんの根底をなすものは、高山さんの本と「フィッシュマンズ」の音楽です。

「tartelette」は、古い建物と建物の間にある、細長いお店。

木の門が空いていなかったら、通り過ぎてしまいそうなくらい。

ここのことを、私は何て書こう。

風が通る場所。

空や、お天気、外の空気と境目がないこの感じ。

ああ、これ以上もう書けないや。

今はこのお店で、ほんとうにおいしく、新鮮なタルトを食べながら、温かいカフェラテを飲みながら、息を吸ったり吐いたりだけしていたい。

ここのことはまたゆっくり、神戸に帰ってから書かせていただこう。

夜ごはんは、お弁当（駅弁ではなく、熊本駅のお土産売り場で買った。貝のヒモの炊き込みご飯、鶏の唐揚げ、かまぼこ、卵焼き、筑前煮）。

帰りの新幹線の中で五時くらいに食べた。

熊本駅のホームで新幹線を待っていたときに、『どもるどだっく』を持った男の人が私をみつけ、声をかけてくださった。

その方は亜衣ちゃんのお友だち。

きのう、亜衣ちゃんがその人の娘にあげたいからと『どもるどだっく』を買ってくれて、サインをしたのだけど、そのとき私は娘さんの名前を間違えて書いてしまった。

「木」という字が入っていたのだけど、私は「樹」なのかと思って、間違えた字の上から慌てて緑色の鉛筆でくしゅくしゅと隠してしまった。

だけど『どもるどだっく』をもらった娘さんは、このページをめくるたびにきっと悲しむだろうなと思って。

なんであの場で機転をきかせられなかったのかな。「木」を絵文字にして、緑の葉っぱもつけてあげればよかったのに、どうして私は焦ってしまったんだろう……と、ゆうべ寝ながら悔やんでいた。

そしたらその人が、その娘さんのお父さんだった。

もう、新幹線はホームに入ってきていたのだけど、私は慌ててペンを握りしめ（リュックのポケットの筆箱を、お父さんに取り出していただいた）、根っこつきの木の絵を描いた。

お父さんと言葉を交わす間もなかったので、おっしゃることにたくさんうなずいて、目だけで挨拶し、最後にしっかり握手をした。

同じ時間にそこに居合わすことができ、こんなに人が並んでいるホームで、いるかいないかも分からない私のことをよくみつけてくださったなと思うと、声が出なかった。

本当は、「tartelette」のあとに行った「木村酒店」でのことも書きたいのだけど、今はとても言葉にならない。

落ち着いたら、また、書かせてください。

迎えてくださった熊本のみなさん、本当にありがとうございました。

私は神戸で、がんばろうと思います。

二月五日（日）
小雨のち曇り

十時半まで寝ていた。

ひさしぶりにとてもよく眠れた。

明け方、まだ薄暗いうちにトイレに起き、カーテンをめくったら道路が濡れていた。

それからお腹に手を当て、また眠った。

部屋はしんみりとして、雨の音だけがしていた。

みち　みち　みち　ぽこん　ぱこん　というような音。

たくさん降っているわけではなく、たぶん、小雨。

雨の降りはじめなんかにかすかに聴こえる、いつもの音だ。

その音のせいかもしれないけども、おもしろい夢をみた。

ピンクや黄色や黄緑色の、とても小さな透き通った玉が、ぷかぷかと浮かんでいる夢。

その玉は表皮が張って、ひとつひとつの中にはとろりとした液体が入っている。

新鮮な生スジコでこしらえた醤油漬けのような、というと、ちょっと生臭そうでいやなのだけど、きれいな赤の透明さや、まわりの皮がパンと張っている感じがよく似ていた。

宙に浮かんでいるその玉が、私の胸やお腹のまわりにときどき下りてきて、体に触れるとはじけ、ほのかないい香りを出す。

ぽこん　ぱこん　ぷちん　みちん
雨の音とともに、はじけてひろがる。

私はその玉に体と心をさすってもらっているような、あたたかな心持ちで眠っていた。

夢もたくさんみたような気がする。

起きて、お風呂に入ってからは、ずっと日記を書いていた。

スイセイから電話がかかってきて、いちど切り、合間にお昼ごはんを食べ、そのあとでまたかかってきて、ぜんぶで二時間くらい長電話した。

私は熊本でのことなどを話し、スイセイはここ最近の山の家での新しい心境など、たくさん話してくれた。

豚まん（新神戸駅で買った）
ワカメスープ

二月七日（火）
曇りのち晴れ

『ほんとだもん』の加奈子ちゃんと、「暮しの手帖」の島崎さんとも仕事の電話。

そしてまた、日記の続き。

今日は、文章の仕事が何もできなかったけど、明日から私はがんばろうと思う。

熊本でのことも、また、ゆっくりしたときに書こうと思う。

夜ごはんは、豚まん（ゆうべ、新神戸駅で買ったのをせいろで蒸かした）、ワカメスープ（溶き卵、餃子の皮の残りを切って、ワンタンのように加えた）。


小雪が風に舞っている。

空は白いけど、ときおり雲が割れて、わーっと明るい光が射す。

朝ごはんにあんかけスープを飲んだ。

雪を見ながら。

お腹の調子はずいぶんよくなってきているみたい。

きのうは、「おいしい本」の原稿が書けた。

『ふくろうくん』という絵本について書いた。

焼きそばライス（お昼の残り）
カレーライス（いつぞやの残りをアレンジ）

締め切りはまだ先だから、しばらくねかせておこうと思う。

あとは、いったい何をしていたんだっけ。

あんまりお腹がすかなくて、困ったなあと思いながらオムライスを作ったら、けっこうおいしかった。

夜、中野さんから電話があった。

なんだかものすごくひさしぶりに、声を聞いたような気がした。

今朝は、まだ暗いうちに、次に作ろうとしている絵本の言葉が上ってきたので「ひらめきノート」にメモした。

さて、今日から私は短編小説にとりかかろう。

主人公の女の子のイメージは、ばらばらになっていた雲が書いているうちにだんだんだんだん近寄って、集まって、体らしきものになっていくような感じだ。

これは、はじめての感覚。

夕方までやって、暗くなる前にゴミを出しがてら森の入り口まで歩いた。

今日はとても寒い。

きんと冷たい山の空気。

夜ごはんは、焼きそばライス（お昼の残りに、炊きたてのご飯をちょっとだけ添えた）、カレーライス（いつぞやに作った、鶏肉と蕪の薄味煮にルウを溶かし入れた）。

『ムーミン』もさすがに飽きてきたので、『まぼろしの市街戦』を見ながら食べた。

すごくおもしろい。

ずいぶん前に中野さんと見たのだけど、あのときにはよく分からなくてとちゅうで眠たくなってしまった映画。

お風呂から出たら、続きはプロジェクターで見よう。

ひさしぶりの〝高山ベッドシネマ〟だ。

二月十日（金）
曇りのち晴れ

おとつい中野さんがやってきて、いよいよ絵本合宿がはじまった。

きのうは雪が舞って、私は二階のベッドにパソコンを持ち込み、小説を書いていた。

その間、中野さんは一階で、大きな紙を絵本のサイズに切って貼り重ね、ダミー本を作ってらした。

別のノートには、主人公の男の子の絵が描いてあった。

主人公の姿が目に見えるようになると、私のテキストも転がり出す。

出たがってうずうずしているけれど、今はまだ小説を書かないと。

夕方になって、中野さんはビールをちびちび。私もワインを呑みながら、夕飯の支度をした。

小説の中にフランスの場面が少し出てくるので、作る料理もつい洋風になってしまう。

普段だったら煮つけにしそうな卵入りのカレイの切り身を、おろしにんにく、牛乳に浸けておいた。そのあと小麦粉をまぶしてバターで焼き、両面に香ばしい色がついてから香草パン粉（オレガノ、粉チーズ）をふりかけ、オーブンで焼いた。焼き上がったところに、ケッパーの酢漬けを細かく刻んだものと、その汁をほんのちょっと。

これが香ばしく、本当においしかった。

中野さんが作ってくれたのは、白菜と大根のサラダ。

白菜は繊維に沿って縦にうすーく切ってあり、おどろくほどみずみずしかった。

ドレッシングには細かく刻んだ梅干しと、粉チーズもちょっとだけ混ざっていたみたい。

その、ほんのちょっとの加減が、何が入っているのか分からないくらいのコクが出て、なんとなしにクリーミー。

こういうの、私にはできない。

白菜には塩をほんのひとふり当て、軽く触った（もむほどでない）のだそう。白菜自体のおいしい水分も、ドレッシングの仲間みたいだった。
絵本合宿をしていると、舌が敏感になるのかな。
微妙な味までよく分かるし、時間の流れも、ちょっと違う。
いろんなことぜんぶが、絵本に関係ある気がしてくる。
向こうから吸いついてくる感じ。
とても楽しい。
ゆうべは九時にはお風呂に入り、絵本を読んでから寝た。
これも、絵本の勉強会の一環。
今朝は二度寝して八時に起きた。
明け方薄暗いうちから起き、思いついたことをメモしておいたので。
朝一でパソコンに向かい、絵本のテキストを書く。
中野さんも起きてらした。
今日は、十一時くらいに出かける。
BL出版で『ほんとだもん』の色校正の確認をしたら、映画を見にいく予定。
ティム・バートンの『ミス・ペレグリンと奇妙なこどもたち』。
これもまた、絵本に関係してきそうな気がする。

小説にも？　だろうか。

それにしても不思議なお天気。

朝起きたときには小雪が舞っていて、向かいの建物の天井にほうきではいたみたいな雪が積もっていたのだけど。

それからずんずん晴れてきて、今は空がまっぷたつ。明るいところと灰色の雲。

あ、雷が鳴った。

海の向こうが灰色だ。三宮の方は雨が降っているかも。

では、行ってきます。

夜ごはんは、六甲駅近くのおいしい焼き鳥屋さんで。

焼き鳥いろいろ、焼き万願寺唐辛子、焼き山芋、焼きうずらの卵、焼き銀杏、ビール、焼酎のお湯割り、梅酒お湯割り。

二月十二日（日）
晴れ一時雪

さっき、中野さんをお見送りしてきた。川沿いに坂をずっと下ったところまで。

歩きながらも、絵本の場面が浮かんでくる。

中野さんもそうみたい。

お腹がオレンジ色の小鳥が飛び立ったり、向こうの方で黒猫が斜面を下りようとしていたりするのを、立ち止まってはふたりで見た。

でも、なんとなく、一緒に見ているというよりは、違う目でそれぞれが見ている……みたいな感じだった。

きのうは、東京から絵本編集者がいらして打ち合わせをした。

私は朝から切り干し大根を煮たり、ふと思いついてマヨネーズを作ったり。

こういうとき、いつも私は無意識に食べてくれる人のことを思いながら作る。

味見をしたとき、切り干し大根煮もマヨネーズもやさしい味になったから、もしかすると編集者さんはやさしい人なのかも、と思っていた。

想像通りでした。体は大きい方なのだけど、表情や顔のまわりに漂っているものが、やわらかい感じがする。

私と中野さんは、アライグマさんと呼んでいる。

絵本のあらすじをなんとなくお伝えしてから、テキストの冒頭だけを切り貼りしたダミー本と、合宿中に描いた中野さんの絵をお見せした。

アライグマさんはとても喜んでくださった。

いつまでに何々を……というわけではなく、私たちから出てくるものが、とりあえず見せられるくらいの形になるまで、待っていてくださることになった。

打ち合わせのあとでお出しした料理は、塩炒り銀杏、さつま揚げのフライパン焼き（おろし生姜）、白菜と人参の塩もみサラダ（玉ねぎドレッシング、醬油ちょっと）、鶏レバーの醬油煮、スナップエンドウの白和え（絹ごし豆腐、ごま、味噌、きび砂糖）、串揚げいろいろ（蓮根、南瓜、蒸し里芋、帆立、ソーセージ）、スティックサラダ（中野さん作・胡瓜、セロリ、人参、ごま入り自家製マヨネーズ）、神戸風牛スジ煮の炊き込みご飯（牛スジ肉、コンニャク、ねぎ、大葉）、ビール、赤ワイン、ハイボール、焼酎お湯割り。

中野さんをお見送りしてからは、「コープ」で買い物し、お墓猫の頭をなで、神社でお参りをして帰ってきた。

坂のとちゅうから小雪が舞いはじめ、部屋に着いてふと窓を見ると、本格的に降っている。

二階のベッドに上り、窓に張りついて見た。

街の上の雲が、霧のようになっている。

その霧は、蜂の群れか何かみたいなひとかたまりとなって、なだらかに上昇したり下降したりしながら、とても細かな雪を降らせている。

茄子の炒め煮
切り干し大根煮
具だくさんの味噌汁

太陽が当たって、キラキラチカチカと猛烈に光っている。

まるで、何かを祝っているような空。

まるで、空の高いところから見ているよう。

それもほんのつかの間のこと。雪が止むと空はぐんぐん青くなり、今はよく晴れている。

絵本合宿、本当に楽しかったな。

さてと、私は小説の続きを書かなければ。

夜ごはんは、茄子の炒め煮、切り干し大根煮（干し椎茸）、焼き塩鯖（大根おろし）、具だくさんの味噌汁（蓮根、里芋、南瓜、椎茸、麩）。

二月十三日（月）
晴れ時々天気雨、雪

柱時計が八つ鳴ったので起きた。

とてもいいお天気。

すみずみまで晴れ渡っている。

ゆうべは寝ながら、小説のことをやっていた。

主人公の女の子が住んでいる部屋の様子をイメージしたり、その子と登場人物との関係を地図のように思い描いたり。

朝起きて、その地図を色鉛筆で描いてみた。

というわけで、今朝から小説のひとり合宿がはじまった。

ベッドの上に文机を置き、パソコンを持ち込んで向かう。

下の机で書いていると、どうも集中できないので。

十二時きっかりにお昼ごはん(ゆかりおにぎり、きのうの残りの具だくさん味噌汁、茄子の炒め煮)を食べ、またすぐに二階に上って続きを書いた。

とちゅうでふと窓を見たら、小雪が舞っていた。

うっとりする間もなく、四時までやった。

もしかすると、ほとんどできたかもしれない。

私は自分の文章に甘いところがあるから、まだまだかもしれないけれど、少なくとも骨格はできたと思う。文字量もちょうどいい。

体を動かしたくなって、ゴミを出しにいきがてら森の入り口までゆっくり坂を上った。

上に行くにつれ、お天気雨に雪が混じる。

森の入り口に立つと、さわさわさわさわ音を立てて降っていた。

夜ごはんは、冬野菜のグラタン(長ねぎ、白菜、南瓜、えのき、麩)。

グラタンを作っていて思い出した。

日記に書くのを忘れていたのだけど、カレイを洋風に焼いた日、中野さんが作ってくれたご飯ものには驚いた。

それは冷やご飯に水を加え、バターとナツメグでやわらかく煮たもの。まさしくリゾットの味と歯ごたえ。冷凍のご飯でやったのだそう。

私だったらすぐにコンソメや牛乳を加えてしまいそうだけど、バターと塩とナツメグだけ。しっかりした魚料理のあとに食べるのに、ちょうどいい塩梅だった。

中野さんはおいしいものをこしらえても、「たまたま、できてしまいました」とか、「えー、これ、ほんとにおいしいんですか?」などとおっしゃる。

私は本当に驚き、正直な気持ちでほめるのだけど、「僕は、料理が上手じゃないです」といつまでも言い張り、決して譲らない。

二月十五日(水) 晴れ

とてもいい天気。

きのう小説を送ったので、お返事のメールが届くのを愉しみにしていた。

担当の編集者さんは、具体的な感想を細々と上げ、喜んでくださっているみたい。

ああ、ほっとした。

ご指摘のところを少し修正し、ゆうべ寝ながら考えていたところも直して送った。

一時には終わってしまう。

このところずっと、ひとり合宿をしていたのだけど、なんだか楽しかったな。

二階の奥の部屋に布団を敷いて寝て、朝起きるとそのままベッドの上が書斎になった。

いつ終わるんだろう、ほんとにできるんだろうか……と、とちゅうで不安になったけど、できてしまえばちょっと淋しい。

「おいしい本」も仕上げ、お送りした。

ひさしぶりにあちこち掃除。

敷きっぱなしだった布団も干した。

今日はずいぶん暖かいみたい。

たまらなく体を動かしたくなり、三時過ぎに散歩に出る。

川沿いの道を下ってパン屋さんに行き、郵便局でレターパックを買い、ぐるっとまわって「コープ」で軽く買い物。

そうそう、ゆうべ読んでいた阿古真理さんの『うちのご飯の60年』に、「コープさん」と書かれていた。

神戸では、愛着を込めてそう呼ぶのかもしれない。

私もこれから「コープさん」と呼ぶことにしよう。

ゆっくりと坂を上り、とちゅうの公園で水を飲んだ。

クリームコルネ（カスタード）も食べた。

おいしい！

急坂を上り切って、いつもの角を左に曲がるとき、西陽が顔に当たって眩しかった。

夜ごはんは、鴨南蛮風そば（鶏肉、干し椎茸、長ねぎ、茄子）、切り干し大根の和えもの（胡瓜、セロリ、ごま油、酢、薄口醤油）。

二月十六日（木）快晴

朝からよく晴れている。

布団を干したまま窓を開けっ放しにしておいても、ぽっかぽか。

シーツも洗濯した。

小説はすでにお送りしたのに、朝ごはんを食べ終わって、もういちど読み込んでしまう。

少しだけ直したいところが出てきた。

これは、校正のタイミングで反映させよう。

小説を書くのは、ちょっと絵本作りにも似ているような気がした。身のまわりで起こったこと、出会った人、夢、景色などが少しだけ形を変えて出てくるところが。

小手先でやるのではなく、そこに生まれつつあるひとつの世界を、離れたところからぼんやり眺め（感じ）、頭を遊ばせているうちに、あるときいっぺんに、パタパタとトランプが裏返るみたいにつながって、勝手に形が変わっていくところがなんだか似ていた。

でも小説は、絵本よりもずっと具体的だった。

すべてを言葉で表さなければならないからだろうか。

主人公は私ではないもっと若い女の子なのだけど、私でもあるし、もしかするとその子のおばあちゃんが私なのかもしれない。

絵本もそうなのだけど、けっきょくは自分の体を通して感じたことしか私は書けないんだと思う。

というか、これでいいんだろうか。

私にはまだよく分からない。

こういうのはみんな、読んだ人の内で成就するものだから。

今日は、「おいしい本」と「気ぬけごはん」の校正。あと、メールの返事を送ったり、

カラスガレイの煮つけ
切り干し大根と胡瓜とセロリの和えもの
味噌汁（もやし）

母にファックスを送ったりしているうちに、すでにもう陽が翳《かげ》ってきた。

手紙を出しにポストまで散歩した。

手紙の他には何も持たず、ふらっと坂を下り、ふらっと坂を上る気持ちよさ。

公園で遊んでいる小学生の男の子とか、小さな女の子とか、可愛らしいのでついじーっと観察してしまう。

たまらなく声の可愛い、喋り方も可愛い（舌がまわっていない）、おかっぱの小学生の女の子がいて、その子のことばかり私は見ていた。

夜ごはんは、カラスガレイの煮つけ、切り干し大根と胡瓜とセロリの和えもの、金山寺みそ、味噌汁（もやし）、ご飯。

二月十七日（金）雨

雨降り。

朝、なんとなしに起きる気になれず、ヒーターをつけてベッドの中で読書をしていた。

中勘助の『銀の匙』。

私はこの本を、ずいぶん前から持っていたのだけど、あるところまで読むとどうしても先に進めなかった。

白菜と豚肉のミルフィーユ鍋
納豆
たくあん

今日は、細々した描写がすんなり入ってきて、映像が目に浮かぶ。とてもおもしろい。まめまめしくいつもそばにいる伯母さんが、とてもいい。姿はもちろん、声まで聞こえてきそう。


宅配便が届いたので、えいっと起きた。

朝ごはんを食べ、絵本のテキストを書きはじめる。

中野さんの絵や、ノートに描かれた絵を眺めてから、紅茶をいれたりして、またパソコンに向かう。

プリントして切り抜き、ダミーの白い絵本に貼っていった。

もしかしたら、ずいぶんできたかも。

雨の日は集中できるのかな。

中野さんの原画を見たら、まだまだきっと、動くのだろうけど。

ひとまず、中野さんにお送りしてみよう。

夜ごはんは、白菜と豚肉のミルフィーユ鍋（ポン酢醤油）、納豆（下仁田ねぎ醤油）、たくあん、金山寺みそ、ご飯。

二月十八日（土）
曇り一時晴れ

ゆうべは風が強く、ゴーゴーガタガタいう音を聞きながら、とても深く眠った。

夢もたくさんみた。

充分に眠ったなと思って起きたら、まだ八時前だった。

今日は、しばらく休んでいた「たべもの作文」をがんばろう。

「ブーン（文のこと）、ブーン、ブンタララッタッタ！」と歌いながら、階段を下りた。

けれどもやっぱり絵本の方に引っ張られ、ついはじめてしまう。

きのう書いたテキストが、また動いた。

今日のお昼は、もやし入りワンタンメン（エースコックの）と、小さなおにぎり。

食べ終わったら、ベッドの上に机とパソコンを運び、「ブンタララッタッタ！」。

「たべもの作文」は、「う（うど）」と「お（おみかんジャム）」の話を書いて四時くらいにお送りした。

やっぱり二階でやると、集中できる。

部屋が狭い分、気が散らないのかも。

ぼんやりとしたお天気。

洋風雑炊
（白菜と豚肉のミルフィーユ鍋の残りで）

夜ごはんは、洋風雑炊（ゆうべの白菜と豚肉のミルフィーユ鍋の残りで）、切り干し大根と胡瓜とセロリの和えもの。

二月十九日（日）　快晴

明け方、トイレに起きたとき、ひさしぶりに朝焼けを見た。

ベッドに戻って、目をつぶって、しばらくしてカーテンをめくると、たまらなく眩しい火の玉が今まさに昇ったところ。

そのあと、柱時計が七回鳴った。

今朝はものすごくいいお天気。翳りがひとつもない。

チイチイチイチュクチュクと、澄んだ声で鳴く鳥がいる。

とても小さな声。

双眼鏡でのぞいてみても、姿は見えず。

明け方にも聞こえていたようだけど、何の鳥だろう。

さて今日は、隣町の大きい方の図書館に行ってこよう。

おにぎりを持って、とちゅうの公園で食べ、六甲道から電車に乗る予定。

行ってきました。

コロッケの卵とじ丼
味噌汁（麩、ねぎ）

日曜日の図書館は、とても人が多かった。

私はこのところ、誰にも会わずにこもっていたから、たくさんの人たちがいるというだけで胸が躍った。

絵本のコーナーには、子どもたちもたくさんいた。

本棚のいちばん隅に座り、めぼしい本を端からどんどんめくっていった。

三歳くらいの女の子が、何度か私の様子を見にきた。

目が合うと困ったような顔をするのだけど、またしばらくすると見にくる。

大人が真剣に絵本を読んでいるのがめずらしいのかな。

「めぐみの郷」で野菜をいろいろ買い、「コープさん」で牛スジ肉とコロッケを買った。

「ＭＯＲＩＳ」にもちらりと寄って、ロンドン帰りの今日子ちゃんの顔を見て、男坂の方から歩いて帰ってきた。

絵本七冊に、キャベツ、玉ねぎ、じゃが芋をしょっていたので、さすがに息が切れた。

夜ごはんは、コロッケの卵とじ丼（玉ねぎ、海苔）、味噌汁（麩、ねぎ）。

二月二十日（月）
曇りのち雨

今朝も陽の出を見ることができた。

雲の隙間から、オレンジ色の眩しい玉がのぞいていた。

ミルクティーをいれてベッドに戻り、今日はパジャマのまま過ごす日と決める。

きのう図書館で借りた絵本を、ゆっくり読む。

そのうち少しずつ空が怪しくなり、雨。

しっとりとした雨。

きのうはたくさん歩いたし、外出欲もはらせたので、今日はちょっとこもりたい気分。

ふらふらとあっちこっちに気を漂わせ、自分の内にもぐる。

いちど下に下り、メールをチェックして、スイセイのホームページをのぞいた。

ちかごろ、スイセイの〝野の編日誌〟というのをみつけてからというもの、天気予報を見るようにして毎日愉しみに読んでいる。

とてもおもしろい。

前からスイセイって、詩人か哲学者みたいだと思っていたけれど、錬金術師のようでもあると思う。

たぬきそば
（天かす、ほうれん草、卵）

まだ、うまく言えないけれど、スイセイのいるところはざらざらしている。風がビュービュー吹きすさみ、眼下は絶壁。

私はそれを、温室みたいな部屋の中でぬくぬくと読む。

読むたびに、私とスイセイはなんて違うところにいるんだろうと思う。まったく違うところにいるようだけど、でもなんとなく、どこかが一緒のような気もする。

人里離れた場所から、世界をのぞき見しているようなところとか。

これから先、何があるか分からないけれど、自分の感受性だけが頼りだ、というようなところとか。

〝野の編日誌〟を読み終わったころ、たまたまスイセイから電話があった。『帰ってきた 日々ごはん③』のアルバムの相談だったのだけど、私がいろいろ聞くものだから、スイセイはここ最近の考えていることなどずいぶん話してくれた。

またベッドに戻り、読書。

夜ごはんは『ムーミン』を見ながら、たぬきそば（天かす、ほうれん草、卵）。

二月二十一日（火）
小雪のち晴れ

朝起きたとき、小雪が舞っていた。

ひさしぶりのお天気小雪。

朝ごはんを食べ終わるころには止んできて、そのうち晴れた。

今日から中野さんがいらっしゃり、この間の続きの絵本合宿がまたはじまる。

天気がいいので、私も散歩がてら下に下り、一時くらいに八幡さまで待ち合わせをすることになった。

この間、熊本でイベントがあった夜、懇親会でいただいた白ワインがとてもおいしかった。ほんのりピンクがかったような、オレンジがかったようなやさしい味のするワインだった。

甘くはなく、かといって辛過ぎもせず、呑み終わってからの余韻が本当にやわらかなワインだった。

私はあの日、お腹が本調子でなかったのだけど、あのワインのおかげでずいぶん助けられた。

神戸にもおいしいワイン屋さんがあるから、ちょっと、探してみようかな。

三時には戻り、中野さんと『ほんとだもん』のイベントについてのミーティング。

早い夕方、海がまだ青いうちに、白ワインをちびちび呑みはじめた。つまみはピスタチオ。

夜ごはんは、鶏レバーのバター焼き、鶏皮の塩焼き、焼きねぎ、砂肝のにんにく炒めバルサミコ酢（ここまでは白ワインを呑みながら。キッチンで立ったまま焼きたてを食べた）、ゆでスナップエンドウ（自家製マヨネーズ）、ショートパスタのグラタン（ミートソース、ホワイトソース、ほうれん草のバター炒め）、赤ワイン。

二月二十二日（水）快晴

とてもよく晴れている。

朝、向かいの建物の屋上をホウキではいているおじさんがいた。

雨水が半分凍っているのかな。シャラシャラという音を立て、片側に集めているのだった。おじさんはときどき、遥か下にある遠くの海を眺めながらやっている。

今日は、絵本合宿の一日目。

中野さんが一階で絵を描くので、朝ごはんにサラダだけ食べ、私は二階へ。

さっき下りたときには、中野さんはダミーの絵本（私のテキストだけを貼ってある白い

鶏レバーのバター焼き
砂肝のにんにく炒めバルサミコ酢
ショートパスタのグラタン

ページの束）をゆっくりめくっていた。

今は床に仰向けになっている。

目をつむっている。

絵を描く前に、何かを思いめぐらしているんだろうか。

瞑想のようなことをしているのかな。

分からない。

邪魔をしないよう、できるだけ音を立てずに、私は二階へ。

今、紙を広げているような音がした。

そろそろ描きはじめたんだろうか。

私もベッドの上の書斎で、「たべもの作文」にいそしもう。

今日は「え（えんどう豆）」を書く。

きのう、絵本の編集者さんからのメールに、私のレシピで焼売を作ってくださったとあった。

それで私も、どうしても焼売を作って食べたくなった。

ダミーの絵本（ラフというらしい）は、中野さんがすべて描き終わってからでないと、見せてもらえない。

なので夕方、絵を描いている中野さんを残し、傘を差して「コープさん」に行った。

帰り道、雨が強くなった。

坂道の上から、傘を差して下りてくる人がいる。

もしかしたら……と思ったら、中野さんだった。

私が傘を持っていないんじゃないかと思い、迎えにきてくれたのだった。

ふだんから中野さんは、甥っ子やお母さんが雨に降られたときには、傘を持って迎えにいくのが当たり前なのだそう。

そういうの、私はずいぶん長いこと忘れていた。

スイセイは個人主義だから、自分のことは何でも自分でやるようにと教わってきた。

だからそういうの、なんだか恥ずかしくてできなかったのだけど、本当は、傘を持って迎えにゆくことを、私はずっとスイセイにやってあげたかったことを思い出した。

『サザエさん』や『まる子』の家族みたいに。

帰ったら、ラフの絵がすべて描き上げてあった。
※夜ごはんは記録するのを忘れました。

二月二十三日（木）

曇り一時雨

きのうのラフの絵が貼り合わされ、絵本の形になった。

私はそれを、朝から何度もめくって読んでいる。

絵が入ったことで変わったテキスト（ゆうべ寝ながら考えていた）を、朝起きてすぐに打ち込み、切り抜いて貼ってみた。

とてもいい感じがする。

十二時から「暮しの手帖」の打ち合わせなので、パンを焼いた。

中野さんは朝ごはんを食べ、澤田さんと島崎さんがいらっしゃる一時間ほど前に大阪の画材屋さんに出かけた。

お昼ごはんは、ゆでたて大豆（塩とごま油かけ）、菜の花のごまマヨネーズ、長ねぎのマリネ（玉ねぎドレッシング）、鶏レバーの醤油煮、大豆入りポトフ（大豆のゆで汁を薄めて煮、コンソメは入れなかった。ソーセージ、大根、玉ねぎ、人参）、自家製パン。

澤田さんたちには、私の暮らしぶりを見ていただいたあと、てくてく歩いて川べりの秘密の場所にご案内し、ガラス越しにお花屋さんの中をのぞき（お休みだったので）、「六珈」さんでコーヒー豆を買い、「ＭＯＲＩＳ」の今日子ちゃんに会いにいった。

おいしいお茶とチョコをいただいて、今日子ちゃんのおもしろ話を聞いたあとは、六甲道まで歩いた。

帰りの新幹線で食べられるよう、自家製のさつま揚げ屋さんで「角てん」と、練り物コロッケ、テイクアウトのお寿司屋さんでのり巻きを買い、「めぐみの郷」へ。

帰りはタクシーで、家まで送ってくださった。

そのままおふたりは新神戸駅へ。

中野さんは七時半くらいに、買い物をいろいろして帰ってきた。

夜ごはんは、あなごの天ぷら、浅蜊の酒蒸し、菜の花のごまマヨネーズ（お昼の残り）、いろいろおこわ（中野さんのお土産）、味噌汁（くずし豆腐、ほうれん草）。

あなごの天ぷら
浅蜊の酒蒸し
菜の花のごまマヨネーズ

二月二十八日（火）快晴

すみずみまでよく晴れているので、大洗濯大会。

ひさしぶりに屋上に干しにいった。

ここしばらく日記が書けなかったけれど、楽しいことがいっぱいあった。

絵本のダミー本はぶじ仕上がり、東京の編集者さんにお送りできた。

映画の試写会に行ったり、佐渡島の友だちがイベントをやっている大阪に行ったり、あと、うちの前の坂道でイノシシにも遭遇した。

それは夜の九時半くらい、タクシーから下りてすぐのことだった。

イノシシはうちのアパートの入り口あたりのところで、足踏みしながら私たちの方を見ていた。

「もしもこっちに向かってきたら、なおみさんはフェンスによじ上ってください」と中野さんが言って……そしたら、本当に向かってきた。

私はもしも近くに来たら、さっき買ったソーセージをビニール袋から出し、イノシシに向かって投げようか、でも、せっかくのソーセージなので、リュックにしまい込もうかと迷いながら、とにかくフェンスによじ上ろうとしていた。

そしたら、背中の方でタカタカタカタカタカタカタカと音がして、道の端をイノシシがものすごい勢いで駆け抜け、登山口の方へと角を曲がっていった。

イノシシはとても太っていて大きかった。

毛は硬そうで、やけに白っぽかった。

私は気が動転し、とちゅうのところは記憶がぽーんと飛んでいるのだけど、中野さんはいつもと変わらない口調で、ものすごく落ち着いていた。

イノシシの足は太く、胴体には肉や内臓がみっちりと詰まっていそうで。その体をゆさゆさと揺らして走っていて、獣《けもの》という感じがすごくしたことも、自分のとっさの判断も、中野さんの様子もすべてがおもしろく、うちに戻ってから大笑いした。

ひとつだけ悔やまれるのは、アパートの前のイノシシがいたあたりのところに立って、残り香を嗅いでみるのを忘れたこと。

きのうは、「大人ごはん」という小冊子の座談会で、東京からお客さんが三人いらっしゃり、みんなで料理を作り合い、食べた。

対談をしているうちに、うちの父が戦争中、特攻隊にいた話になった。

十四歳だったか十六歳だったか、正確な年齢は忘れてしまったけれど、父が特攻兵としてプロペラ機で突っ込む予定の二日前に、終戦になった。

そんなわけで、ゆうべは寝ながら父と私のことをぼんやり考えていた。

髪を金髪に染め（アルコールで脱色したそう）、自分があと数日で死ぬことを覚悟していた父の遺伝子は、きっと、私の体のどこかにもある。

なんだかそれが、とても腑に落ちるような気がした。

夜ごはんは、クリームシチュー（お昼ごはんの大豆のトマト煮リガトーニ和えに、白菜を加え、クリームシチューの素と牛乳を加えた）。

＊2月のおまけレシピ

白菜と豚肉のミルフィーユ鍋

豚バラ薄切り肉150g　白菜¼個　その他調味料（2人分）

だし汁も酒もスープもいっさい加えず、白菜の持つ水分だけで蒸し煮にするこの勇気あるレシピは、中野さんから教わりました。作り方はいたってシンプルなのだけど、大きなコツがあります。それは、土鍋を火にかけたらフタを開けるのは最小限。蒸気が鍋の中でどんな状態になっているのか、湯気の出方を見たり音を聞いたりしながら想像すること。

最初に土鍋のフタの穴から、蒸気がまっすぐに上がるまで待ってから、ごく弱火にし、放っておくことも大切です。

ちりちりと焦げつきそうな音がしてきたら、ひと呼吸置いてフタを開け、鍋のまわりから大きく菜箸を入れたり、白菜どうしの間にも軽く箸を入れたりして、何度か蒸気の通り道を作ってあげます。白菜はくったりさせるのではなく、ほどよい歯ごたえを残すつもりで。この方法ですると、まるで「生きたまんま」のように白菜からうまみが逃げ出さず、煮汁もほとんど出ません。


白菜は切る前に水でざっと洗います。芯を取りのぞいて縦にふたつ割りにし、それぞれを4等分に切ります（白菜の幅は土鍋の深さに合わせるとよい)。豚バラ肉は10cmの長さに切っておきます。

土鍋に白菜を立ててぐるりと並べ入れ、隙間に豚肉を適当に挟み込みます。ここで塩や酒をふりたくなりますが、ぐっとがまん。あとは弱火にかけ、上記のように蒸し煮にしていきます。少し早いかなというくらいで火を止め、あとは余熱で。土鍋ごと食卓に出します。

器にポン酢醤油、大根おろし、七味唐辛子でタレを作り、取り分けていただきます。橙や柚子などがあればさらに嬉しい。黒七味もよく合います。

ひとりで物語の世界にもぐるために。

三月二日（木）
雨のち晴れ

朝起きたら、地面が濡れていた。

電線にも小さな雫が光っている。

ゆうべか明け方に、雨が降ったのかな。

そのうちしょぼしょぼと降りはじめた。

台所に下り、紅茶をいれて戻り、ベッドの上で新しいテキストを書きはじめる。

これはずっと前に夢をみて、あたためていた物語。

ゆうべ寝ながらだったか、明け方だったか、はじまりの部分が浮かんできた。

正確にはおとついからだけど、きのうあたりからぽつぽつと言葉が上ってきて、口ずさんだりしていた。

絵本に向いているのかどうなのか、できてみないと分からないのだけど。

絵本の台割に沿って、扉のページと、一見開き目、二見開き目まで書いた。

これは子どもたちにというより、大人に向けた童話のようなものかもしれない。

こんど『ほんとだもん』の発売を記念して、京都の「恵文社」で四月にイベントをする予定なので、そこで朗読しようと思う。

中野さんは私の朗読を聞きながら、ライブペインティングをする。

「公開絵本づくり」という感じになるのかな。

いしいしんじさんの「その場小説」は、本当にその場で出てきた小説を書きながら読まれるようだけど、私はその場では書けない。

まだ一カ月以上あるから、言葉が出てくるのを待って書いていこうと思う。

本当はずっと書いていたかったのだけど、今日は佐渡島のあすかちゃん一家と、去年の夏、佐渡を一緒に旅したラリちゃん、加藤さんが遊びにいらっしゃる。

あすかちゃんの娘のほのちゃん（四歳）、てるちゃん（一歳半）と、大人の私たちも一緒に、一日早いお雛祭りをしようときのうから計画していた。

殿方たちはお客さま。なんか、ままごとみたい。

きのうは、『実用の料理 ごはん』を見ながら桜おぼろを作った。

「コープさん」にはタラがなかったので、カラスガレイと塩鮭でやってみた。

カラスガレイはタラよりも脂がのっているし、小骨も多かったけど、子どもたちののどにひっかかったらいやだから、ていねいに骨をのぞいた。

ふんわりとうまくいった。

干し椎茸も、ゆうべのうちからもどしておいた。

朝、カンピョウと干し椎茸を甘辛く煮、じゃが芋をゆっくりゆで、マヨネーズも作り、ポテトサラダをこしらえた。

きのうのうちに、苺のチーズケーキの台も焼いておいた。

ほのちゃんたちがきたら、一緒に生クリームを泡立てて飾ろう。

折り紙もきのう「コープさん」で買ってきた。

朝、インターネットでお雛さまの折り方を調べ、ひとつ折ってみた。子どもたちと一緒に折って遊ぼう。

私はずっと、こういうことがしたかった。

「紙を使っていいですよ。床に大きく広げて描いたら、みんな喜んでくれるかもしれません。クレヨンでも色鉛筆でも、僕の画材は何でも使っていいですよ」と、中野さんにも言われている。

あすかちゃん一家は泊まる予定。

ラリちゃんは仕事があるので、夜には帰ってしまうけど、加藤さんも泊まれるといいな。

みんな中野さんの友だちなのに、中野さんは来られない。

献立は、大根のマリネ（ハム、ディル）、蕪と蕪の葉の蒸らし炒め煮（ごま油、塩、だし汁ほんの少し。器に盛ってから、自家製マヨネーズに味噌を混ぜたものをのせる）、ポテトサラダ（じゃが芋、ゆで卵、胡瓜、自家製マヨネーズ）、ほうれん草のおひたし、雛祭りのちらし寿司（桜おぼろ、椎茸とカンピョウの甘辛煮、サーモンのヅケ、イクラ、錦糸卵、菜の花の醤油洗い）、はんぺんと三つ葉のすまし汁、苺のチーズケーキの予定。

あすかちゃんたちはにごり酒とひなあられ、海藻のおかずを、ラリちゃんは三陸の生ワカメを持ってきてくださることになっている。

三時くらいに着くみたい。

でも、まだ来ない……。

すでに三時半は過ぎているけども。

でも、このくらいの自由さが、私は好き。会えるときにはどうしたって会えるので。

三月三日（金）晴れ

今日がほんとの雛祭り。

ゆうべはとても楽しかった。

大人たち（あすかちゃん、あすかちゃんの旦那さんの三島君、ラリちゃん）が二階に集まって、ビールを呑みながらひさしぶりの再会を楽しんでいる間、私は下でほのちゃんと絵を描いたり、夕飯の支度をしたりして遊んでいた。

てるちゃんはぐっすり眠っていた。

最初、ほのちゃんは、私のことを上目遣いでちらりと見たきり、なかなか車から下りてこなかった。

道中ずっと寝ていたらしく、急に起こされて機嫌が悪かったのか、恥ずかしかったのか。私の様子を伺っていたのかもしれない。

「ほのちゃん、折り紙でお雛さまを折ろうよ」と誘ったら、急に明るい顔になった。車から下り、自分から手をつないできた。

そこからはもう、ほのちゃんと私は子どもどうしみたいに遊んだ。

そのうち加藤さんがやってきた。

ちらし寿司の錦糸卵はあすかちゃんが焼いて、刻んで、飾りつけもきれいにやってくれた。

ラリちゃんも絵を描いていた。ラリちゃんは、とても絵が上手い。

加藤さんはずっと嬉しそうだった。普段甘いものはぜったいに食べないのに、チーズケーキも食べてくださった。

ほのちゃんがケーキの生クリームを泡立てるとき、頭も同時に振るのがおかしくて大笑いしたことや、絵本を読んだときの反応とか、ちらし寿司にのっていたイクラを生まれてはじめて食べたほのちゃんが、口から吐き出し泣きべそをかいたこととか。

てるちゃんが鏡の前で、自分の姿を真剣な顔でじーっと見たり、手をバタバタ動かして、鏡の中の人も動かしているのをおもしろそうに見ていたり。

自分の行きたいところ、やりたいことに向かって、てるちゃんがずしんずしんとまっしぐらに進んで、怪獣みたいだったこととか。

いちいち発見があり、ひとつひとつがたまらなくおもしろかった。

今はまだ、どんなものを指差しても、自分のどんな気持ちにも、「あー」「あーあ」「あーあーあー」と発声し、表しているてるちゃんが、これからどんなふうに言葉を獲得していくのか、私はとても知りたくなった。

「なおみさんと、お風呂にいっしょに入る」とほのちゃんに言われたときの、嬉しさといったら。

それで、あすかちゃんはてるちゃんと、私はほのちゃんと入った。

「ほのか、なおみさんといっしょにねる。だってほのか、まだベッドでねたことがないの。なおみさん、ねるまえに絵本よんで」

ベッドの中で『トムテ』を読んだ。

読みはじめて少ししたころ、「ちょっとむずかしいかな?」と聞いたら、「お話をきいてるだけで、おもしろいの」と言っていた。

私はいちばん静かな声を出し、ゆっくりと読んだ。

ほのちゃんも隣でとても静かに聞いていた。

もう、夜中の一時を過ぎていたから眠たいだろうし、あんまり静かにじっとしているから、聞いているのかどうかも分からなかったけど、最後のページを読みはじめたら、「なんでまた、同じのがはじまるの？」と聞かれた。

『トムテ』の最後は、語りはじめとよく似た詩のリフレインで終わる。

ほのちゃんはちゃーんと聞いていて、ぜんぶ分かっているのだ。

「おしまい」と本を閉じ、「おやすみなさい」と言い合って小さい電気にしたら、すぐに眠りについた。

ほのちゃんは枕をしないので、タオルの上で寝ていて、私は枕で寝ていた。

ぐずりもせず、寝返りを打ったりもせず、ぐっすりと眠っていた。

闇の中、ほのちゃんの白い顔が丸く浮き出ていて、月みたいで、夜中に何度も薄目を開けて見た。

ちょうどいい大きさの丸い顔に、二本のすじになった目、ちっちゃな鼻、おちょぼ口の赤い唇から、すやすやと健やかな寝息が漏れている。

白菜の鍋蒸らし炒め煮
サーモンのヅケ
椎茸とカンピョウの甘辛煮

明け方、肌寒くなってきたので、はだけていた布団の下のタオルケットをかけてあげた。

今朝は八時半くらいに起き、玄米を炊いて、みんなでなんとなく朝ごはんを食べ、あすかちゃんたちもなんとなく帰り支度をして、最後にみんなして屋上へ上った。

ほのちゃんは屋上のことを、ときどき間違えて「ぼくじょう」と言う。

「なおみさん、ぼくじょうへ行こう。ぼくじょうでボールあそびしたい」

「おくじょうだよ」と私が言うと、ほのちゃんは自分が言い間違えたことを恥ずかしがった。

でも本当は、私はずっと、「ぼくじょう」と言い続けてほしかった。直さなかったらよかった。

あすかちゃん一家はワゴン車に乗り込み、十時半くらいに帰っていった。これから京都の友だちのところに行くらしい。

私はメールの返事を書いたり、なんとなしにパソコン仕事。

とちゅうで、青空を仰ぎながらお昼寝。

ほのちゃんには、二月に出たばかりの中野さんの絵本『ほのちゃん』で、みなさんも会えます。

夜ごはんは、白菜の鍋蒸らし炒め煮、サーモンのヅケ、椎茸とカンピョウの甘辛煮、玄米ご飯（大豆入り）、佐渡島の海藻のおかずと、そうめん南瓜のカス漬け。

三月四日（土）晴れ

十時まで寝た。

ぐっすり眠れた。

おもしろい夢をみて、明け方それを反芻しながら寝ていたのだけど、ちゃんと目を覚ましたときには忘れていた。

あすかちゃん一家が帰ってから、まだ掃除をする気になれず、洗濯だけ。

さて今日は、いよいよマメ（イケダ）ちゃんとのトークで、大阪の「iTohen」に出かける。

その前に、お絹さん（中野さんの昔からのお友だち）の絵をみにゆく。

ひとりで行く。

ずっと見たかった、お絹さんの絵。

「愛はあるもの」という展覧会。

大きな川沿いの、あの「空色画房」でやる。

お昼を過ぎた半端な時間だし、食べていただけるかどうか分からないけど、雛祭りのちらし寿司の具がいろいろ残っていたので、いり卵を作ってそぼろ弁当をこしらえた。

川っぺりで、いっしょに食べられるといいな。

では、行ってきます。

三月五日（日）曇り

ぐっすり眠って九時半に起きた。

きのうは、ずーっと楽しかった。

お絹さんの絵も、やっぱり私は大好きだった。

昔の作品の写真も見せていただいた。

村上さん（お絹さんのパートナー）と、ギャラリーの藤井さんと四人で、そぼろ弁当を食べた。

そのあとでお友だちが続々とやってきて、お絹さんの絵を見ながら、キラキラと照り返す川を眺めながら、私も日本酒をよばれた。

ほろ酔いで出かけた「ｉＴｏｈｅｎ」。

マメちゃんはやっぱりおもしろい娘だったな。

打ち上げで連れていってもらった「テンカラ食堂」も、何を食べてもとてもおいしかった。

きのうのいろいろを反芻しながら、今日を過ごそう。

このところしばらく、たくさんの人に会い、一緒に過ごしてきたけれど、今日から私はひとりに戻る。

その一日目として、ひさしぶりにあちこち掃除機をかけ、念入りに雑巾がけをした。

ちょっと淋しいけども、ほのちゃんがつけた床の絵の具もこすり取った。

朝、中野さんから真っ白なお米（ご実家の田んぼの）が届いた。

東京の絵本編集者さんからも、ダミー本と、嬉しいお手紙が届いた。

しまっていた絵もごそごそと出し、壁に立てかけた。

また明日から、物語作りにいそしもう。

「気ぬけごはん」も書きはじめよう。

「たべもの作文」も再開しよう。

『帰ってきた日々ごはん③』の校正もやらなくちゃ。

夜ごはんは、きのう「ｉＴｏｈｅｎ」でお会いしたノブさんの手打ちうどん。

ノブさんは八人分のうどんと、手作りのおつゆをくださった。

うどんは真っ白で、つるつるで、やわらかいのにコシがある。

ノブさんの手打ちうどん
鴨南蛮風のおつゆ

マメちゃん経由のメールで、ノブさんから教わった通りに十二分きっかりゆでて水でしめ、おつゆは熱々に温めた。

焼きねぎと豚肉、えのきの入った鴨南蛮風のおつゆも、たまらなくおいしかった。

三月六日（月）
曇りのち雨

朝から日記を書いて、スイセイに送ってからは、新しい物語のテキスト書き。

夢中でやって、ダミーの白い本に切り貼りをして読んでは推敲し、また切り貼りをし直して、気づいたら夕方の六時半だった。

背中はガチガチ。

でも、このために私はここへやってきたのだ。

誰にも邪魔をされず、ひとりで物語の世界にもぐるために。

今夜は、いつも寝る前に読んでいる絵本のかわりに、自分でこしらえた世界の物語を読むのが無上の歓び。

夜ごはんは、はんぺんとお麩のグラタン（ディル）。

三月七日(火) 晴れ

ゆうべ寝る前に読んだ自分の物語は、ちっともだった。

音楽のような流れが、まだまだ聞こえてこない。体にこない。

起きてすぐ、気になるところを書き直す。

お天気がいいので、シーツと布団カバーを洗濯し、「ぼくじょう」に干しにいった。

三時ごろ、シーツをとり込みにいこうと玄関を出たら、甘辛い匂いがした。

魚を煮つけているみたいな、とてもおいしそうな匂い。

でも、もうちょっとで焦げつきそうな匂い。

屋上の階でエレベーターを下りたら、こんどは石焼き芋みたいな甘ーい匂いがした。

「あれ?」と思ってよく嗅ぐと、どうやらやっぱり煮魚が焦げついた匂い。

どこかの階の人が、お鍋を焦げつかせちゃったんだろうか。

屋上は風がとても強かったらしく、物干しざおがはずれて下に落ち、シーツが黒く汚れていた。

布団カバーはぶじだったけども。がっかり。

すぐに洗濯をし直す。

風の強い日の屋上は、要注意だな。

さつま揚げとターツァイの煮びたし
ハムエッグ（せんキャベツ添え、ウスターソース）

四時ごろに「コープさん」へ。

帰りの坂道を、考えごとをしながら上っていて、気づいたらもうずいぶん上の方を歩いていた。

すごい。

なんでもなく上れるようになってきたということか。

これは、これまででははじめてのこと。

夜ごはんは、さつま揚げとターツァイの煮びたし（ノブさんのおつゆがちょっと残っていたので、だし汁でのばして使った）、プレスハム（マメちゃんにいただいた）を焼いてハムエッグ（せんキャベツ添え、ウスターソース）、味噌汁（ワカメ、三つ葉）、白いご飯。

三月九日（木）曇り

今朝は巨大いも虫の雲。

そんな雲を眺めながらの朝ごはんは、ゆうべ急に遊びにいらした「かもめ食堂」のおふたりのお土産。

二郎いちご（「やわらかくておいしいの」と、りっちゃんが何度も言っていた）とバゲット。

この苺は自然の甘みと酸味があって、本当にやわらかく、とてもおいしい。

どこかのお店のおいしいバゲットは、オーブンで温めた。

外はカリッと中はふっくら。

神戸に来てから私は、パンとお米のおいしさを知った気がする。

どちらもそのもののおいしさ。

これまで、お米がこんなにおいしいと思ったことはない。

お世辞でも何でもなく、中野さんちのお米は本当においしいのだ。

いつも白いご飯のまま何ものせずに何口か食べ、それからおかずと食べる。

パンもそう。

サラダやハムなどはあとまわしにして、紅茶を飲みながらパンだけ先に食べる。

きのう、私は何をしていたのだろう。

神戸に越してきてから撮った写真を整理して、「暮しの手帖」の島崎さんにお送りしたり、「気ぬけごはん」を書きはじめたり。

ああそうだ。朝いちばんで、佐渡島のあすかちゃんに苺のチーズケーキのレシピを書いて送ったんだった。

それからはレシピ書き。

いよいよ明日、「天然生活」の撮影があるので。

今日は二時くらいに、東京からマキちゃんが来る。

マキちゃんは器のスタイリングと、私のアシスタントの両方をしてくれる。

そうだ。

今朝、ベッドの中でふと気づいたのだけど、この間、うちのアパート内でいい匂いをさせていた魚を煮つけたような甘辛い匂いは、イカナゴを煮ていたのかもしれない。

今日子ちゃんも前に言っていたし、美容師さんも言っていた。

「この季節になると、あちこちの家から甘じょっぱい匂いがしてきます。イカナゴを煮てはるんです。それぞれの家で、煮方にこだわりがあるみたいですよ。どうやったらふっくら煮えるかとか、少し硬めに煮て歯ごたえを残すのが『うちの味や』とか。いちどにたくさん煮て、離れて暮らしてはる家族や親戚に送るんが、ここらのお母さんはみんな、毎年の愉しみなんです」

七日に「コープさん」に行ったとき、魚売り場に生しらすを大きくしたような、見たことのない小魚（「新子」とラベルが貼ってあった）が売っていて、「新子が出ました！」と盛んに放送していた。

今ネットで「新子」を調べたら、「兵庫県と大阪府の漁業者らが二月二十八日、神戸市内などで会議を開き、今年の解禁日を三月七日（火）に決めました」とある。

やっぱりうちのアパートの人も、イカナゴを煮ていたに違いない。

そしてあの匂いは、焦げていたんではなく、最後にカラッとさせるために煮汁ごと炒るようにしていたのかも。

マキちゃんは一時半くらいに着いた。

お茶を飲みながら、東京の友だちの近況など聞いて、「MORIS」へ。

そのまま六甲道まで歩いて、ショッピングモールでおうどんを食べ、図書館へ。私は絵本を三冊借りた。

「めぐみの郷」で撮影用の食材を山ほど買い、手分けして持って、ふたりで坂を上って帰ってきた。

帰ってから私は、牛スジ肉を下ゆでしたり、だしをとったりの仕込み。

マキちゃんは、アイロンがけなどスタイリングの支度。

夜ごはんは、今日子ちゃんに教わったテイクアウトのお寿司屋さんの巻き寿司（ゆかり入りのすし飯で〆鯖、胡瓜を芯に、とろろ昆布で巻いてある）、さつま揚げとターツァイの煮びたし（いつぞやの）、ターツァイのごま和え（いつぞやの）、卵焼きと鰆《さわら》（ゆうべの残り）。

巻き寿司（お寿司屋さんの）
ターツァイのごま和え
卵焼きと鰆

三月十二日（日）快晴

風もなく、よく晴れている。

のほほんとしたお天気。

今朝は、明け方に小鳥の声がした。

「ヒューロロロ ヒューラララ」みたいな、これまでにいちども聞いたことのない歌うような声。

か細いけれど、耳の奥にすべり込んでくるとても澄んだ声だった。

この間の「コープさん」の帰りには、坂道の川のところにオレンジ色のぷっくりしたお腹の小鳥がいた。

羽を広げると茶色の一ヶ所に白いところが目立つ、機敏に動く鳥だった。

水を飲んだり、すぐに別のところへ飛んでいったり、ちょっと忙《せわ》しそうな鳥。

今日は、向かいのモミの木のところに、小さな小さな鳥がとまっていた。

キョトキョトと首を小さくまわすだけで、ひとつところにとまって、じっとしている。

羽の一ヶ所に、ポツンと赤い色が見えるような気がする。

もしかしたら今朝鳴いていたのは、あの小鳥だろうか。

お昼ごろ、またとまっていたので大慌てで二階に上がり、双眼鏡でのぞいてみようと思ったのだけど、すでに姿はなし。

ずいぶん太ったヒヨドリが一羽、モミの木を占領していた。

おとついの撮影は、おかげさまでぶじに終わった。

マキちゃんは大活躍だった。

私は料理を作るのが、自分でも驚くほどゆっくりになっていた。

十二時に集合して、七品作って撮影していただき、終わったのは五時をまわっていた。

最後の一品がうまくいかず、もういちど作り直させていただいた。

そのときに、私はちょっと焦った。

それで、作るスピードがぐっと早くなった。

エプロンを巻いたお腹に重しができ、足さばきもよくなった。

それは、これまで東京で撮影をしていたときの感じだった。

ちょっと、何かに追われているような感覚。

忘れていたその感触が蘇ったのだけど、そうか私は、そんなふうにしながら撮影の仕事をしていたのかと気がついた。

それは悪いことでもいいことでもないと思うのだけど、絵本作りとはまったく違う感触だった。

そうそう。

きのう、『ほんとだもん』の見本が届いた。

色校を見てからしばらく離れていたので、いろいろなことを忘れていて、まっ新しい気持ちで読むことができた。

ベッドの上でひとりこっそり、ゆっくりとページをめくり、絵もすみずみまでじっくり見て、言葉を読んだ。

胸に『ほんとだもん』を抱きかかえ、「ふふふ」と小さく笑いたくなるようなあたたかく嬉しい気持ち。

本当にこんな絵本、よくできたなあと思う。

中野さんに絵を描いていただけたことはもちろんだけど、鈴木加奈子ちゃんという編集者に出逢い、一緒にやれたこと。デザインを小野さんにお願いできたことも、できあがってみると、もうそれ以外の組み合わせは考えられない。

感じるままにやっていたら、ふわっとできてしまったようで、本当はピアノ線の上を綱渡りしてできた……みたいにも思う。

今日は、「気ぬけごはん」。

そろそろ書けたかも。

大豆のトマト煮の炊き込みご飯
（オムライスにした）
キャベツのサラダ

締め切りは十五日だけど、十四日には赤澤さんとアノニマの村上さんが、本棚の取材で東京からいらっしゃるので、早めにやっておこうと思って。

夜ごはんは、大豆のトマト煮の炊き込みご飯（卵で巻いてオムライスのようにした）、キャベツのサラダ（味噌マヨネーズ）。

三月十三日（月）曇り

朝起きたら、アパートの前の道に造園屋さんの車が何台も停まっていた。

クレーン車も一台ある。

いやだなあ、木が切られるのだろうか。

やっぱりそうだった。

朝ごはんを食べている間、チェーンソーの音がずっとしていた。

嵐の夜に踊りくるって遊んでいた三人兄弟のモミの木が、次々と枝を落とされ、半分の高さになってしまった。

他の木も、ずいぶんばっさりと切り落とされている。

こんなになってしまって、きのう枝にとまっていた小鳥は驚くだろうな。

やっと静かになった。

今は、作業の人たちがお昼ごはんの休憩中。

あ、小鳥が飛んできた。

シジュウカラだ。

いろんな木の切り口のところにとまっては、キョトキョトと首をまわし、さえずっている。パトロールしているみたい。

確かに枝は伸び過ぎていたから、木にとっては必要なことなのかもしれないけれど、やっぱり忍びない。

朝からトークイベントで使う写真をまとめてお送りしたり、メールの返事を書いたり。

さて、物語の続きをやろう。

ゆうべ寝る前に、発酵してきた感じがあったので、そろそろ体から出してやるタイミングかも。

できるだけ触らずに、やさしくやさしく。

こういうとき、いつも私はミヒャエル・エンデの本（『ものがたりの余白』）に書いてあった言葉を思い出す。

「本」を「物語」や「お話」におきかえて思い出す。

前にも日記に書いたけど、再び引用してみます。

本を書くというのは、言葉でひとつの現実をつくることです。そして、この言葉たちはある意味で自律性を持っている。言葉は（作家が）自分で作るわけじゃない。それはすでにそこにあるものです。それに、言葉は、現れるものでもある。そして、つかみかたが乱暴でなければないほど、さわりかたが、そっとやさしくあればあるほど、現れるものも多くなるし、言語がおのずから提供してくれるものも多くなります。わたしはそれを頼りにすることがよくあるのです。

二時半までやって、「コープさん」へ。

坂を上っててくてく帰ってきたら、造園屋さんの車もなくなって、あたりはすっかりさっぱりとしていた。

切り落とした枝が、うず高く積み上げられている。

柵の間からはみ出していた、モミの木の小さな枝をひとつ拾って帰る。

いつも子犬を連れている女の人に会ったので、「ずいぶんさっぱりしましたね。ちょっと淋しいくらい」と挨拶したら、「そうですね。私もびっくりしました。でも、大丈夫ですよ。二年前くらいにやっぱりいちど、向こうにあるヒマラヤ杉の木をこのくらい切ったことがあるんです。だからあの木は、ずいぶん不格好でしょう？」

焼き塩鯖（大根おろし）
小松菜のおひたし
味噌汁（キャベツ、卵）

私「そうですか、二年であれだけ伸びるんですね。よかった」

ヒマラヤ杉……私がずっとモミの木だと思っていた木も、ヒマラヤ杉だったんだろうか。三角にちゃんととがって、クリスマスにはてっぺんに星飾りをつけたいほど、モミの木の姿をしていたけれど。

モミの木とヒマラヤ杉は、どう違うんだろう。

部屋の窓から見ると、すっかり枝を落とされたモミの木は、下の方の手をひよひよと動かしている。

わりかし、元気そうに見える。

明日は十一時に、赤澤さん、村上さん、カメラマンの公文ちゃんがいらっしゃるのが愉しみ。

お風呂に入って早く寝よう。

夜ごはんは、焼き塩鯖（大根おろし）、小松菜のおひたし（ポン酢醤油、ごま油、いりごま）、キムチ、味噌汁（キャベツ、卵）。

三月十五日（水）
曇りのち晴れ

朝起きたとき、地面が濡れていた。

明け方に雨が降ったのかな。

そう。ゆうべは風の音がした。

木を切っても音がするんだ……と思って、窓を開けて確かめてみた。

そしたら海の方からも、山の方からも吹いて、ゴーゴーと逆巻いているような音がしていた。

暗い中、うちのモミの木たちも、下の方の手だけを揺らしていた。

きのうは本棚のこと、本のこと、ここでの暮らしのことなど、赤澤さんにたっぷり取材された。

公文ちゃんも、村上さんも、ほとんどお喋りしないのだけど、ひとつひとつ確実に写真を撮っていってくださった。

まるで部屋の中の空気が、かさりとも動かないよう、配慮してくださっているみたいな動き方をしていた。

だから、この部屋で私がいつも暮らしているまんま、ゆったりと静かに動いて、空を眺めたり、ごはんを作ったり、洗濯物を干したりしながら、話したいことだけを話せた。

村上さんは小さなビデオカメラをずっとまわしていた。

そういうのも、まったく気にならなかった。

これはあとで、赤澤さんが原稿を書かれるときに、役立つのだそう。

長年のおつき合いの人たちだから、東京で一緒に過ごした過去のことが蘇ってくるのかなと思っていたら、そんなことはまったくなく、逆に、私の今ここに、時空を超えて現在のみんなもいた。

そのことをまったく不思議に感じなかったのは、私の暮らしが落ち着いてきたせいなのかもしれない。

お昼ごはんには、菜の花のおひたし（辛子味噌マヨネーズ）、キャベツと香味野菜のサラダ焼き油揚げのっけ（みょうが、大葉、玉ねぎドレッシング、醤油）、茄子とじゃが芋のムサカ（冷凍庫に入っていたすべての肉類、牛スジ肉、ベーコン、砂肝を刻み、豚ひき肉と合わせてミートソースを作った。小麦粉をまぶしてオイルで焼いた茄子、ミートソース、ホワイトソース、蒸したじゃが芋、ホワイトソース、ミートソースの順に重ね、チーズを散らしてオーブンで焼いた）、お土産の白ワイン。

四時くらいに終わって、みんなで屋上に上った。

もうしばらく一緒にいたい気持ちを切り上げ、四人で坂を下って、お花屋さんをのぞき、六甲駅で解散。

ぽつんとしてしまった私は、ひとりで「MORIS」に行った。

今日子ちゃんとヒロミさんが、ビッグスマイルで迎えてくださった。

キッチンからは甘い匂いが漂っていた。

お喋りのあとは、ジャムクッキーを焼いている今日子ちゃんを手伝った。

そのあと私が餃子の皮を伸ばし、今日子ちゃんが具を包んだ（中国茶の教室で出すのだそう）。

ヒロミさんの手作りのタータンチェックのバッグを、「これ、いいですねえ。すごく可愛い」とほめたら、「あげますよ。ねー、ヒロミ。うちにはもうひとつ小さいのがあるんだから、あげましょうよ」と今日子ちゃんが言って、いただいてしまった。

私はふたりに、いつもいつももらってばかりいて、本当に申しわけない。

おふたりが喜んでくださるようなものを持っていないし、お返しすることができないから、私は仕事をがんばろうと思う。

がんばっていいものを作り、たくさんの人たちに手渡そう。

いただいたバッグは、本当に嬉しい。

お裁縫上手なお母さんが、小学生の私に縫ってくれたみたいな、そういう気持ちになるバッグ。

夜ごはんは三人で、駅前のおいしい焼き鳥屋さんに行った。

いろんな部位の焼き鳥、つくね、焼き長芋、焼き万願寺唐辛子、焼き厚揚げ、鶏雑炊。

今日子ちゃんと私だけ、焼酎のお湯割りを一杯ずつ呑んだ。

〆に食べた鶏雑炊はスープが濃厚で、とろっとしていて、たまらなくおいしかったな。

三月十六日（木）快晴

朝起きたとき、隣の部屋の壁に、きのうヒロミさんがくださったカバンがかかっていて、いちばんに目に入ってきた。

嬉しい気持ちがふわーっと湧いてきた。

今朝は、海の色が少しだけ緑がかっている。

キラキラと眩しい。

朝ごはんを食べてすぐ、「気ぬけごはん」の仕上げ。

お昼に試作をし、レシピを書いて、一時半には書き上げお送りした。

きのう、新しく出るある作家さんの小説の書評の依頼をいただき、さっきゲラが届いた。

紅茶をいれて、これからベッドで読むつもり。

お供は、今日子ちゃんのジャムクッキー。

ころんとした丸いののまん中に、ラズベリーの赤いジャムがのった、見た目も愛らしいのだけど、味もとっても愛らしいクッキー。

小説は読めずに、けっきょく今日も新しい物語の続きをやった。

青い海を眺めながら、ベッドの上の机で。

新しい展開が見えてきた。

頭でこねまわすのではなく、世界に浸っていると、あぶり出しみたいにふーっと浮かび上がってくるような感じ。

これは、〝かぐわしき　あまいおちち〟というお話。

四月九日に、「恵文社」のイベントで朗読します。

夜ごはんは、味噌ラーメン（もやし、コーン）。

三月十七日（金）晴れ

ゆうべは三時ごろにトイレに起きたあと、よく眠れなかった。

「おいしい本」で書こうとしていることが、なんとなーく上ってきていて、ねぼけながらもそれを忘れないようにしていたような気がする。

柱時計が三回鳴って、四回鳴って、五回鳴って……でも、その間は案外短かったから、ぼんやりと眠ってはいたのかも。

窓の隙間が白くなってきていたので、六時くらいにカーテンを開けたら、太陽がちょうど昇ろうとしているところだった。

枯れ木のてっぺんから、大きな顔を半分だけ出したオレンジ色の太陽は、ぶるぶると震えながらぐんぐん昇る。

ベッドの上に起き上がって、しばし眺めた。

ちょっとでも目を離したら、そのスキにもう四分の三が昇ってしまった。

起きたときには冬みたいに寒かったので、ヒーターをつけていたのだけど、太陽が昇ると共にグングン気温が上がって、今は暑いくらい。

ちょっと早いけれど、もう起きてしまう。

ミルクティーをいれ、パソコンを持ってきた。

ベッドの上で「おいしい本」を書きはじめる。

小鳥の声がする。

そう。きのうはモミの木にちょこんととまっていた鳥を、双眼鏡で見ることができた。

雀くらいの大きさの、頭の小さな細っそりとした小鳥。

背中の羽が焦げ茶色と白の縞模様になっている。

何の鳥だろう、キツツキのようなとまり方をするなあと思って、あとで調べてみたらコゲラというのだそう。キツツキの仲間らしい。

朝ごはんを食べ、洗濯機をまわしながら「おいしい本」の続き。

佐野洋子さんの『アカシア・からたち・麦畑』について。

お昼にはだいたい書けた。

そのあとはまた、物語の推敲。

〝かぐわしき　あまいおちち〟は、どうやらできたみたい。

テキストを切りぬき、白いダミー本に貼って本のようにしてみた。

あとで寝る前に、ベッドの中で読んでみよう。

今日は、ひさしぶりに中野さんから電話があった。

明日から、大阪の本屋さんで、中野さんが以前に出した絵本『もういいかい』の原画展がはじまる。

それで遠足がてら、私もついていくことになった。

お昼ごはんに、イカナゴのくぎ煮（お母さんの自家製）のおむすびをにぎってきてくださるそうなので、私はおかずを作って持っていこうと思う。

イカナゴのおにぎり、嬉しいな。

去年のちょうど今ごろ、たしか「ｎｏｗａｋｉ」にはじめて行ったときに、鴨川べりに座って中野さんと食べたのを思い出す。

もうずいぶんと昔のような気がするけれど、そうか、あれからまだ一年しかたっていないのか。

夜ごはんは、ゴボウの炊いたの、焼売（いつぞやに作って、冷凍しておいたのを温めた）、水茄子のオイル焼き、ほうれん草と春菊のごま和え、納豆、味噌汁（お麩とねぎ）、ご飯。

三月十九日（日）晴れ

明け方に、またあの鳥の声がした。
とても小さな声。
歌うような声。
ティララ　フューララ　ティロリロロ
もしかしたらウグイスが練習をしていたんだろうか。

ゴボウの炊いたの
焼売（いつぞやに作って、冷凍しておいた）
水茄子のオイル焼き

〝かぐわしき あまいおちち〟の直すところが浮かんできて、ベッドの中でメモをし、八時ちょっと前に起きた。

ページ割も動いたので、切り貼りをし直した。

これでほんとにできたかも。

今日は、一時から加奈子ちゃんがいらっしゃって、『ほんとだもん』刊行のお祝いと、「恵文社」でのイベントの打ち合わせをする。

私は朝から、なんとなく料理の支度。

洗濯したり、日記を書いたりしながらたらたらとやる。

中野さんは、玄関の扉の白い窓のところに絵を描いている。

見にいくと、「なおみさん、見たらダメです。描き終わるまで見てはいけませんよ」と強く言われる。

お祝いの会のメニューは、トマト、大根、ゆでスナップエンドウの盛り合わせサラダ（玉ねぎドレッシング、味噌マヨネーズ）、スペイン風オムレツ（中野さん作、ゆうべ私が残したカルボラーナの残りで）、山のキノコのグラタン（赤澤さんたちがいらしたときの「茄子とじゃが芋のムサカ」の残りを冷凍しておいたものに、キノコを二種類入れたホワイトソースを重ね、チーズを散らして焼いた）の予定。

お寿司（「コープさん」の）
おから
ゴボウの炊いたの

あ、加奈子ちゃんがいらした。

会は四時くらいにお開きとなり、加奈子ちゃんをお見送りがてらバス停まで下り、坂道を川沿いに歩いた。

阪急の高架下をくぐったら、そこからは別世界。

川のすぐ近くまで降りられるようになっていて、河原のような石畳の道がどこまでも続いていた。

連休の中日だから、家族連れがピクニックをしていたり、おじいさんとおばあさんが連れ立って歩いていたり。

私と中野さんもゆらゆらと、どこまでも歩いた。

ずっと歩いていったら、海まで行けそうだったのだけど、「コーナン」（ホームセンター）をみつけたので陸に上がり、水道の蛇口につけるシャワーを買って、また六甲まで歩いた。

夜ごはんは、「コープさん」のお寿司（鉄火巻き、ブリのお寿司、のり巻きいろいろ）、おから、ゴボウの炊いたの、ごま和え、日本酒（加奈子ちゃんのお土産）。

窓際に簡易テーブルと腰掛けを置き、レストランみたいにして夜景を見ながら（これはこの間、マキちゃんが来たときに発明した）、いろんな話をしながら、ちょっとずつ食べた。

「コープさん」のお寿司が、とてもおいしかった。

日本酒も、とってもおいしかった。

三月二十五日（土）晴れ

春霞。

とってものどかな日。

そういえば私は、しばらく日記を書いていなかった。

インタビューの準備やら何やらで、なんとなしに落ち着かなかったからだっけ。

もう、ずいぶん前のことのようで、忘れてしまった。

おとついとその前の日は、「暮しの手帖」の取材だった。

ライターの大谷さんが、はじめてうちにいらっしゃった。

長野君にたくさん写真を撮っていただき、ごはんもいろいろこしらえて、みんなで何回も食卓を囲んだ。

島崎さんはいつも私のそばにいて（近過ぎず遠過ぎず、わずかな距離がいつもあった）、料理を作りながらつぶやいている私の言葉をメモしたり、洗い物をしてくださったり。

流しまわりがいつもすっきりと片づいていたおかげで、次の作業に気持ちよくスーッと入っていけた。

一日目はお天気がよかったので、四人で坂を下り、神社でお参りし、スーパーに行ったり、川沿いを海の近くまでずっと歩いたり、「MORIS」に遊びにいって、今日子ちゃんの金柑煮と紅茶をごちそうになったり。

どこにいても長野君が始終カメラを構えていたのだけど、私はちっとも気にならなかった（あとで見せてもらったら、どれものびのびとした表情で楽しそうに写っていた）。

大谷さんは、インタビュアーとしての独特の技を持ってらっしゃるんだと思う。

私は水面下の思いまで引き出されてしまい、気づけば大谷さんの話芸に巻き込まれ、ついつい話が深くなって、マジックのようだなあと何度も感じた。

なんだか、不思議な時間の流れ方をした二日間だった。

一週間分くらいを、ぎゅーっと濃縮したような。

きのうはさすがにくったりとくたびれ、ゆっくり、ゆっくり動いていた。

それでも「おいしい本」の仕上げをしてお送りし、ぎりぎりで締め切りに間に合った。

スイセイからも電話があり、主に『帰ってきた 日々ごはん③』のカバーまわりの話を聞いた。

スイセイのアイデアは、とても冴えていた。

このごろは、私の方がほとんど聞き役になっている。

スイセイが次から次へとお喋りしてくれるのが嬉しくて。流れを止めたくなくて。

明日からいよいよ、『ほんとだもん』のトークイベントがはじまる。

心斎橋の本屋「アセンス」さんを皮切りに、恵文社の「COTTAGE《コテージ》」、そして福岡の「Rethink Books《リシンクブックス》」。

日程はとびとびだけど、まるでサーカスの巡業みたい。

今日はその支度をずっとしていた。

日記を遡ってプリントアウトしたり、中野さんとのメールのやりとりを遡ってみたり、拾いもの（道ばたで拾った木の皮や葉っぱなど）も壊れないよう箱に詰めた。

集まってくださった人たちに、『ほんとだもん』がどうやってできたのか、どんなふうにお伝えできるかなあと思いながら。

夜ごはんは、卵とじうどん（ノブさんの手打ちうどん、油揚げ、ねぎ）、ほうれん草と春菊のごま和え。

明るいうちに『ムーミン』を見ながら食べ、お風呂に入った。

まだ空が蒼いうちにベッドの中にいるのは、たぶんはじめてのこと。

三月二十九日（水）晴れ

あー、楽しかった。

今日は神戸に来て、本当に、こんなに楽しいことがあるなんて……というような日だった。

六甲の隣駅にある「王子動物公園」で、中野さんのご家族としばらくの間一緒に過ごした。これまでずっと、中野さんの話の中だけにいた家族全員に、お会いすることができた。

お父さん、お母さん、お姉さん、お義兄さん、そして甥っ子のユウトク君、ソウリン君。

ユウトク君は四歳になったばかり……。

ああ、ユウトク君のことを、どうやって書いたらいいか分からない。

中野さんと三人で観覧車に乗ったり、お姉さんも一緒に四人で飛行機の乗り物に乗ったり、中野さんとユウトク君の後ろから、足でこぐ乗り物にお義兄さんと乗ったり。

ケチャップをつけてあげながら、アメリカンドックを一緒に食べたり。

動物園の動物も、中野さんと三人で少しだけ見てまわった。

私は象も、アリクイも、カンガルーも、キリンも、どの動物を見てもその仕草や表情がたまらなくおもしろく、目が離せなくなった。

アリクイの足の太さや、長さ、毛の色つや、足の平（手の平みたいな部分）をひっくり返すようにして歩く動き。

なんだか、すべてが人の動きに見えた。

変わった形の体を持った人の姿に。

見立ての目が育ってきているせいなのか、何なのか分からない。

というか、どんな体の動きにも表情（顔の動き）にも、確かな理由があり、その理由の内わけまでも、動物たちは包み隠さず見せてくれるから。

痛快というか、愉快というか、スカッとするようなおもしろさ。

天に顔を向け、声を出して大笑いしてしまうほどに。

キリンの家族は、毛並みも首の動かし方も瞬きの仕方も、とても優雅で、この世のものとは思えないくらい美しく、切ない感じのする生き物だった。

もしかすると私は、四歳のなみちゃんの目で見ていたのかな。

四歳のユウトク君のことも、四歳のなみちゃんが手をつないだり離れたりしながら、じっと観察していた。

ユウトク君は、たとえばマンホールの下を流れている水の音や、遠くからやってくる電車の音など、かすかな物音にもスッと引き寄せられ、耳を澄ます。

木の幹にぶら下がっていた、米粒の1/10ほどの薄さの、繊維みたいなのがふらふらしている小さなものも、「なんやこれ?」とつぶやいて、見逃さない(虫に見えたらしい)。

中野さんはそういうユウトク君に、瞬時(ほとんど同時)に気がついて、一緒にじっとみつめ、考えたり、答えたりしていた。

同じくらいの小さな声で。

ユウトク君はうまいこと体を使い、ひとりで木登りもできる。

高い塀からジャンプしながら飛び降りるユウトク君を、中野さんが軽々とキャッチしたときには驚いた。

ふたりはいつもそうしているらしく、誰に見せるでもなく、当たり前みたいにやっていたのだけど、私はいちいち「わっ!」と叫んでしまう。

あっという間の曲芸みたいで、本当にすごいから。

帰りは、大きな車(砂漠を走れそうなワゴン車)にみんなで乗って、六甲の家に私を送ってくださった。

そしてさっきまで、この部屋の中に、ほんの短い時間だけれど、ご家族七人と私が一緒にいた。

部屋に入ってきたときは、テレビの『ビフォーアフター』で、改築された家をはじめて見にきた家族みたいに、ひとりひとりが目を輝かせていた。

特に、お姉さんとお義兄さんが、声に出して興奮していた。

「わー、すごいなあ。ほんとにすごい景色や。僕が学生のときには（神戸大学だそう）、まさにこういう景色のところを探してたんよ。でも、はじめて見たわ。こんなすごいんのは」「わー、うちのカーテンがこんなに似合っているのをはじめて見たわ（中野さんの家はカーテン屋さん）。本物のショールームみたいやわ」「やっぱり、おしゃれやなあ」とか。台所や食器棚、中野さんの絵が立てかけてある壁などを見て、「きれいに片づけてはるわ」とお母さんがつぶやいてらしたのも、とっても嬉しかった。

このところ私は、しばらく日記が書けなかった。

というか、書きたくなかった。

書けないようになってしまっていた。

でも、そのせいで気がついたことがある。

いつかそれを日記にきちんと書いて、みなさんに読んでいただきたいのだけど、まだ、書けない。

時期がきたら、書けるようになるのかもしれない。

その、書きたいと思っていることと、今日は、なんとなく関係のある日だったような気がする。

「暮しの手帖」の取材のときに、ライターの大谷さんからいただいた『日めくり ムーミン谷の毎日のことば』を、このところ起きるとすぐ、毎朝占いのようにして愉しみにめくっている。

「まえがき」みたいな最初のページ、〝ムーミン谷から、あなたへ〟には、こんなふうに書いてある。

「このカレンダーには、物語の中から選んだ、大切にしたい31のことばを収めました。毎日めくって偶然の出会いを楽しむのもよし。好きなことばや絵をずっと眺めるもよし」

ちなみに二十九日の今日は、「まあ、それはそうと、きょうは、とてもたのしい一日だったわい。いかにも、わしの一日らしい一日だったわい」(『ムーミン谷の十一月』のスクルッタおじさんの心情が描かれた文から)

今夜は、早くお風呂に入って温まり、中野さんの家族の余韻を胸に眠ろう。

薄目を開けながら、食べたものを反芻してなかなか飲み込もうとしない、今日見たカンガルーみたいにして眠ろう。

そうだ、忘れないように書いておく。

いつだったか、夜景を見ながら窓際で話をしていたとき、何かの流れでふと、中野さんがおっしゃった。

グラタン（この間作った残りを温めた）
ポトフ（撮影の残りもの）

「弱いっていうことほど、確かなことはありませんよ」と。

神戸に引っ越すことを決める前、決めたあと、あのころは自分がどうしたいのか、これから先どうなっていくのかまったく分からず、自分のお腹の中にある生温かい、ほんのひと握りの綿のようなものだけしか信じられるものがなかった。

とても不安だったから、それだけにつかまっていた。

でも、その綿につかまりながら、自分の弱さのいちばん底に足をつけることができたのかも。

だから、思い切って動けたのかもしれないなと思う。

夜ごはんは、グラタン（この間作った残りを温めた。大豆のトマト煮、茄子、南瓜、リガトーニ、ホワイトソース）、ポトフ（撮影の残りものに白味噌と牛乳を加えて温めた。大豆、大根、人参、キャベツ、ソーセージ）。

三月三十一日（金）雨

冷たい雨。

空も、海も、建物も真っ白だ。

この間から寝室にいた蜂は、きのう見たら窓の桟の端っこでじっとしていた。

ゆうべ、一瞬だけジジジジと羽が震える音がした。

今朝も同じところでじっとしているので、もう死んでしまったのかなと思い、隣の窓を開けたら、でんぐりがえりをした。

じっと見た。私が話しかけると、片足をゆっくり持ち上げたりする。

きっと蜂は今、生と死の境をさまよっていて、気持ちがいいんだと思う。

背中で羽を重ねたり、ずらしたり、ぶるぶるとわずかに震わせていたかと思うと、ぎこちないながらも斜めになって、大きく羽を開いたりしている。

飛んでいる夢をみているんだろうか。

お尻の先だけが茶色く、コロンと丸い、かわいらしい蜂だ。

この蜂は、もしかすると人を刺さない種類なのかもしれないけれど、おとついユウトク君やソウリン君たちが二階に上がってきたとき、じっとしててくれてほんとうによかった。

さて、今日は美容院に行ったら、図書館にも寄って絵本を借りてこよう。

「MORIS」や「かもめ食堂」や「月森さん」に、展覧会のDMをお届けがてら、クッキー（四月八日からの「nowaki」での展覧会で、『ほんとだもん』を買ってくださった限定二十五名さまにプレゼントします。シナモンとジンジャーが入ったちょっと硬めのクッキー。『ムーミン谷の十一月』に出てくる肉桂ビスケです。メダルの形に焼いて、首からぶら下げられるようにしようと思って）を入れる袋やヒモを買いにいこう。

雨降りだし寒いけど、こういう日に出かけるのも、霧の中の冒険みたいでなんだか楽しい。

夜ごはんはなし。

「かもめ食堂」で早夕飯をお腹いっぱい食べたので。

親子丼定食（切り干し大根煮、煮昆布の箸休め、大根、人参、油揚げの味噌汁つき）、自家製カステラ、紅茶。

りっちゃんの親子丼は、料理上手のお母さんの十八番《おはこ》みたいに心からおいしく、お腹がぽかぽかするような味だった。

大満足！

＊3月のおまけレシピ

キャベツと香味野菜のサラダ・焼き油揚げのっけ

キャベツ¼個　油揚げ（大）1枚　みょうが3個　大葉5枚
玉ねぎドレッシング　その他調味料（4人分）

このサラダは、赤澤さんたちが東京から取材にきた3月14日のお昼にワインのおつまみとして作りました。メインはいろいろな肉が入ったごちそうミートソースのグラタンだったので、あっさりしたものをと思い、冷蔵庫にあるもので工夫したのです。楕円の大皿に盛りつけたサラダに長く大きいままのせたカリカリの油揚げは、下の野菜が隠れるほど。なかなか迫力がありました。油揚げは関西では「お揚げさん」と呼んで親しまれ、分厚いのや薄いのや大きいのや、いろいろな種類があります。ここでは、30cmくらいもあろうかという京都産の特大お揚げさんを、フライパンに収まる長さに切って焼きました。みずみずしい春キャベツで作ってみてください。


キャベツは太めのせん切りにし、ボウルに入れて塩を小さじ⅓ほどふりかけます。ざっと混ぜてそのまま10分ほどおき、手でなじませます(もむという感じではない)。みょうがは縦半分にしてから斜め薄切り、大葉は細切りにし、キャベツとざっくり合わせて楕円のお皿にこんもり盛ります。

両面に焼き目がつくまで、弱火のフライパンでじりじり焼いた油揚げは、食べやすい大きさに切ったあと、サラダの上にのせます。

取り皿によそってから玉ねぎドレッシング適量をかけ、醤油を落として食べてください。
※玉ねぎドレッシングは、玉ねぎのすりおろし小¼個分、ねり辛子小さじ½、フレンチマスタード小さじ1、塩小さじ1、酢大さじ3を空きビンに合わせ、フタをしてよくふり混ぜてからサラダ油大さじ7を加え、さらによく混ぜ合わせます。

14日　朝ごはん。ハムエッグ、ひたし大豆（切り昆布入り）、キャベツの塩もみサラダなど。

19日　昼ごはんのお好み焼き
（神戸風牛スジ煮込み入り・中野さん作）。

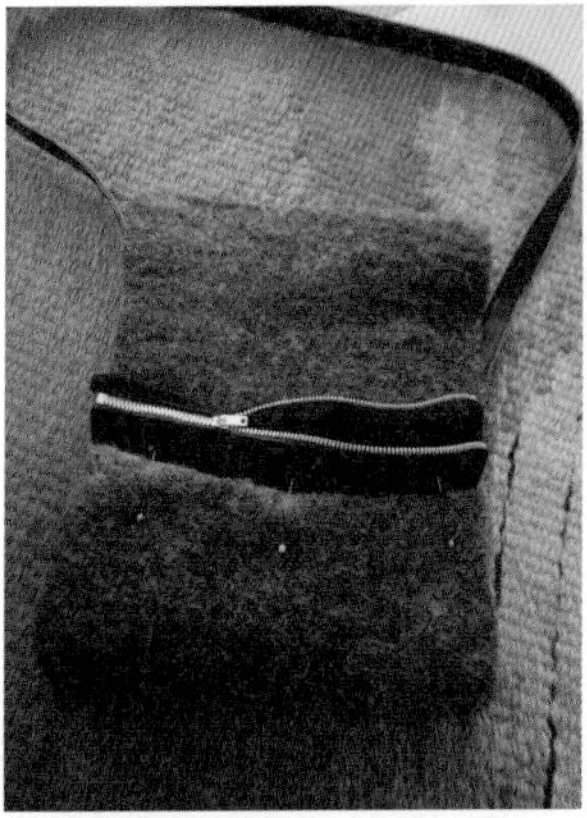

20日　肩掛けバッグのファスナーが完成！

22日　ボタンを彫って作った髪どめと、魚に見える木片。

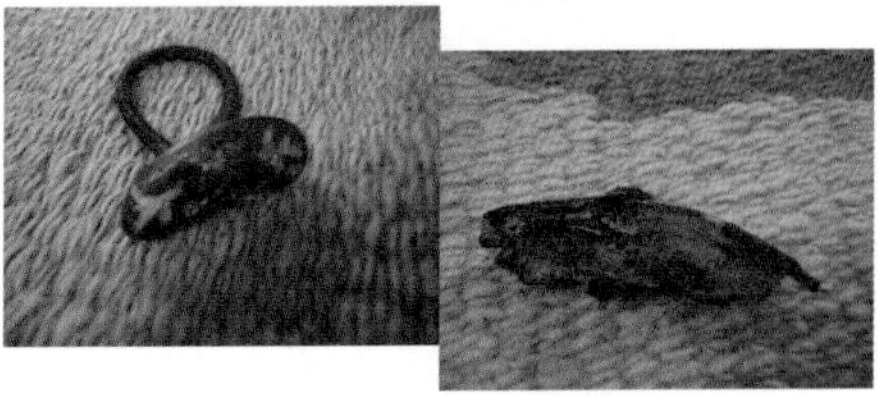

23日

24日　昼ごはんのおから入り混ぜ寿司と、マフィン。

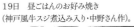

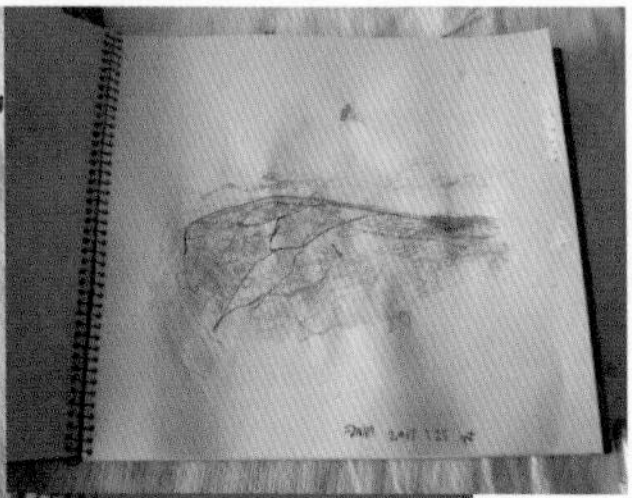
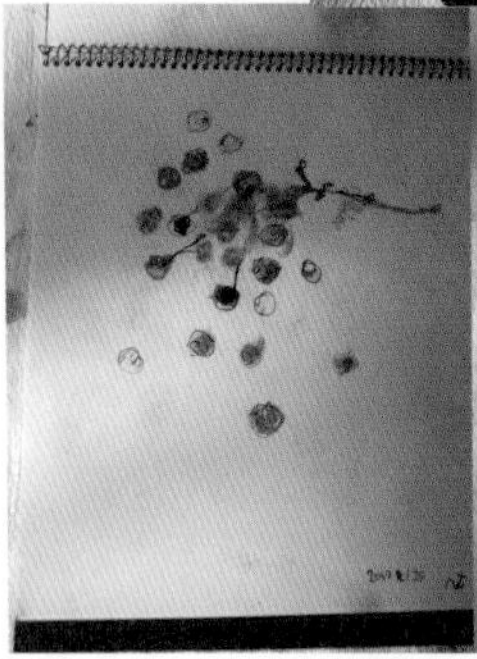

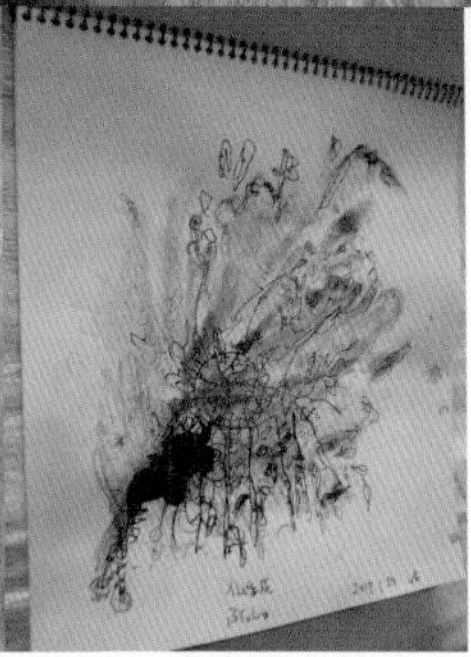

25日
描きはじめたら止まらなくなった。

26日　夜ごはん。切り昆布の炒め煮、納豆など。
金柑の絵を描いた。

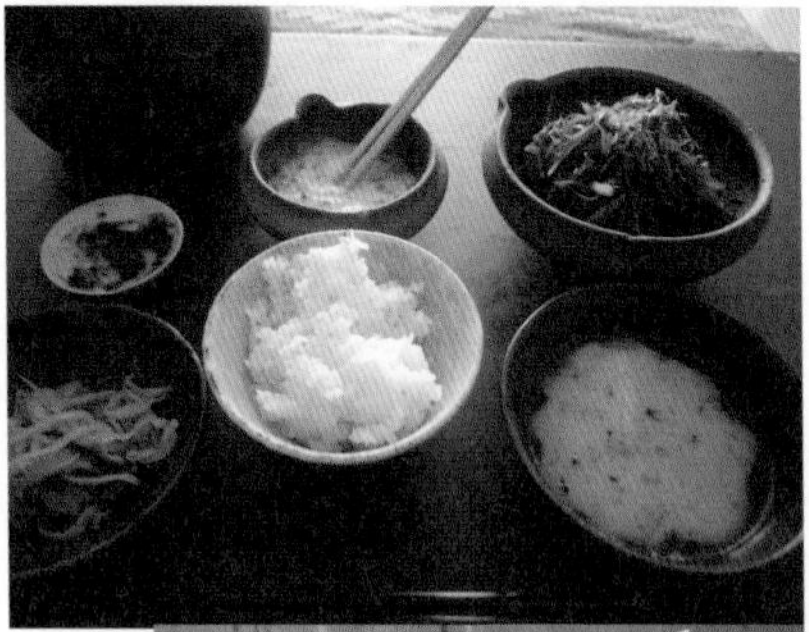

30日　黒蝶（ダリア）とユーカリ。

2月

13日　夜ごはんは、冬野菜のグラタン
(長ねぎ、白菜、南瓜、えのき、麸)。

3日　道で拾った小枝(インディアンに
見える。その後、シミズタとケイスケの店
『ミロ』の開店祝いにあげました)。

22日　昼ごはん。ウズベク風トマトスープ(私作)、
いり卵サンド(中野さん作)。

28日　昼ごはん。大豆のトマト煮リガトーニ。

3月

1日　昼ごはん。ゆうべの残りのクリームシチュー（大豆のトマト煮リガトーニを工夫した）と紅茶。

5日
いつもの朝ごはん。

8日　大豆のトマト煮。

鰆を味噌漬けにした。

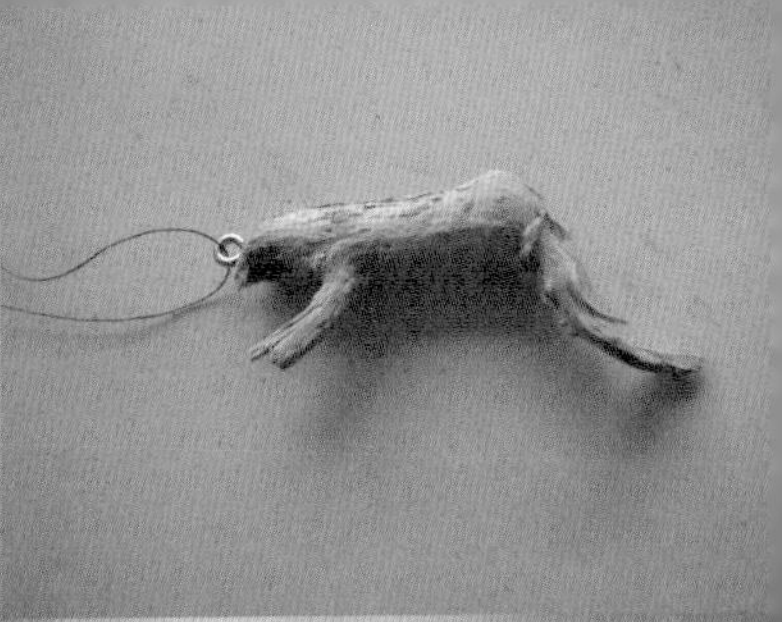

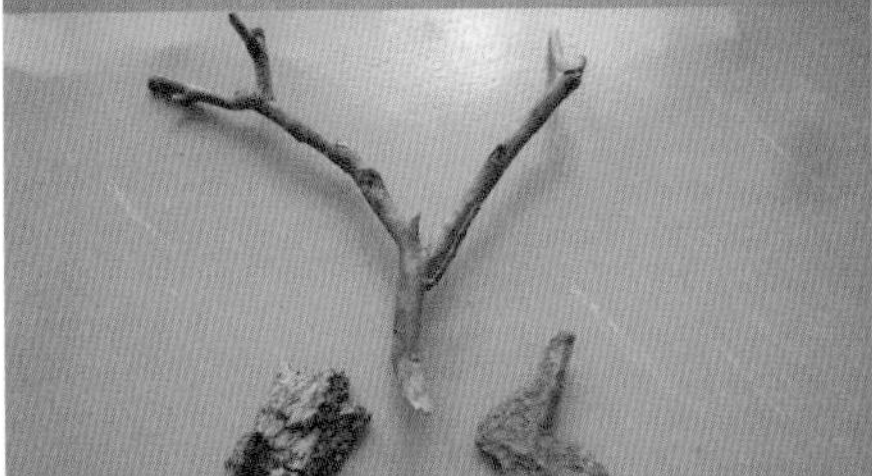

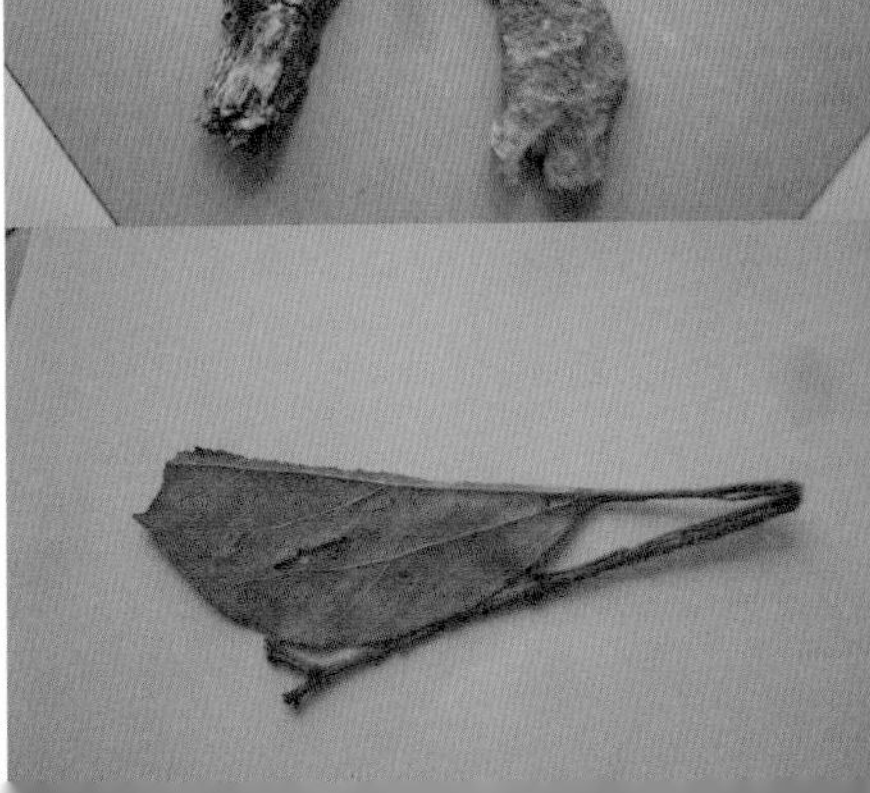

10日
マキちゃんとの朝ごはん。
大豆のトマト煮、キャベツの塩もみとルッコラのサラダなど。

12日　夜ごはん。
大豆のトマト煮でご飯を炒め、オムライスに。

15日　昼ごはん。はんぺんとお麩のグラタン。

25日　「空色画房」の夢の絵（描いたときのことは、
2016年10月26日の日記に書きました）。

31日　迷い込んだ蜂が、窓の桟で死んでいた。

4月

3日
夜ごはん。
ホタルイカとほうれん草のスパゲティ。

4日
絵本『ほんとだもん』の
プレゼント用
メダルクッキー。

5日　クッキーのスタンプ。
左はウズベキスタンの
市場で買ったもの、
右は中野さん作。

10日

5月

8日　昼ごはん。春雨とトマトとレタスのピリ辛炒め。

12日
海の見える公園で拾った花束と、
中野さんの絵（電車で見かけた女の子）。

14日　夜ごはん。牛肉とピーマンの春雨炒め（焼き肉のタレで）。モズク酢には胡瓜とみょうがをプラス。

16日　夜ごはん。マッシュポテトとサーモンのグラタンなど。
このあと、窓辺へ移動した。

15日　夜ごはんのキムチ焼きそば（ポールウインナー）。

31日　お腹を壊して病院にいった日の夜ごはん。

24日　パンを焼いた。

6月

2日　夜ごはん。お粥さん、ひじき煮（ちくわ）など。

1日　冷たくないぶっかけそうめん
（食べている途中でキムチを加えた）。

5日　リーダーとの夜ごはん。
焼き肉味のスパゲティ。

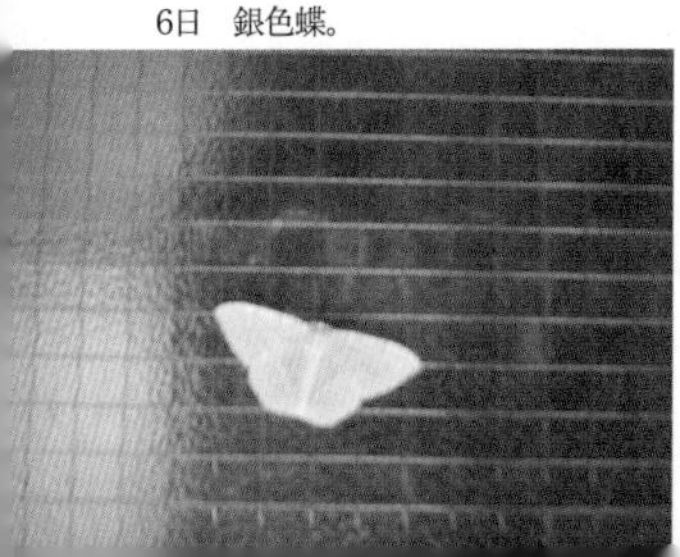

6日　銀色蝶。

8日　明日が本当の満月。

9日
夜ごはん。
焼き茄子の豆腐和え
のせご飯。

28日　坂の途中で拾ったツマグロヒョウモンの、表と裏。

2017年4月

夢もふたつかみっつみた。

四月一日（土）

曇りのち晴れ

七時半に起きた。

朝のうちは曇っていたけれど、だんだん明るくなって、今は海が青い。

きのうの雨で、空気が洗われたみたいなお天気。

「天然生活」の校正をしながら、もういちど試作した。

何を作っているかはまだ書けないので（雑誌が出る前だから）、夜ごはんも今日は書けない。

鍋を火にかけながら、ポイントとなるところを書き加え、終わってからはレシートの分類をずっとやっていた。

これは、ゆうべからやっている作業の続き。

うちは株式会社だから、年度末が三月。毎年のことだけど、これからスイセイは大忙しとなる。

ゆうべ私は、一年間のレシートを一カ月ずつ分ける作業をしていた。

レシートをためていた箱のいちばん底から、去年の四月と五月のが出てきた。

それは、神戸へ越してくる前のもの。

いつも通っていた吉祥寺のスーパーや、パン屋さん、塩鮭がおいしい商店街の小さな店、昔ながらの和菓子屋さん。

図書館の向かいのコンビニでも、サンドイッチをよく買っている。

ほんの少し切なくなった。

その切なさのもとはきっと、人は同じところにとどまってはいられない……ということなのだろう。

スイセイと暮らしはじめたばかりの三十代の私は、豚ひき肉、茄子、ピーマンなどと打たれたレシートを見て、繰り返される日々の積み重ねを感じ、心安らかになっていた。

スイセイに出会う前の二十代の私は、これから先、自分がどうやって生きていくのか分からず、靄《もや》の中でやみくもに、それでも日々を生きていた。

今の私はというと、繰り返される日々の確かさの神話が壊れ、二十代のころの自分に戻ったような気もするのだけど、ひとつだけ違うことがある。

それは、この世にたったひとつの自分という〝元手〟に、筋肉がついたことだと思う。

先のことは、本当はみんな分からない。

分からないなりに、毎日を味わいながら、確かめながら生きていければいい。

分からなくてもいいんじゃないか、と思うと、今の私は心安らかになれる。

「ものごとってものは、みんな、とてもあいまいなものよ。まさにそのことが、わたしを安心させるんだけれどね」

『日めくり ムーミン谷の毎日のことば』でおしゃまさんも言っている。

ゆうべは、そんなことを思いながら寝た。

四月三日（月）

晴れ、風強し

七時に起きた。

とてもいいお天気。

陽焼け止めを塗って、ゆうべのうちに洗濯しておいたタオルケットを屋上に干しにいった。そのあとでシーツも干した。

朝ごはんを食べ、『帰ってきた 日々ごはん③』の校正をやる。

きのうからの続きで、窓際のテーブルでやる。

あんまり陽が当たるので、少し位置を動かしてみた。

ぐっと集中し、お昼ごはんを食べてからもまたやった。

気が散ってくると、メダルクッキーの生地作り（ゆうべのうちに材料を計り、バターも

ホタルイカとほうれん草のスパゲティ
人参の塩もみサラダ

室温でやわらかくしておいた)。

洗濯物をとり込みにいったとき、山側と海側をよく眺め、目をこらしてみた。どこかで桜が咲いているかなと思って。

まだ、どこにも見えない。

山のふもとのお宅に桜らしき木が見えるが、まだ蕾みたい。

なんとなくほっとした。

『帰ってきた日々ごはん③』の校正は、いちどにやってしまうのがもったいないので、今日の分はもう終わりにし、レシートの計算をやってしまおう。

夜ごはんは、ホタルイカとほうれん草のスパゲティ、人参の塩もみサラダ(辛子酢味噌)。

この間、兵庫のホタルイカは最高だと今日子ちゃんが言っていた。

「今しかないから私、たくさん食べるんです」と。

それがずっと気になっていたので、ぷっくり膨らんだ、いかにも新鮮そうなのを「いかりスーパー」で買ってみた。

まず、添付されている辛子酢味噌をつけてそのまま食べたのだけど、噛むと中からワタのおいしい味がチュッと出てきて、たまらない。

東京のスーパーや魚屋さんで買っても、いつも新鮮さがイマイチな気がして、買わなければよかった……ということが多く、毎年なんとなく敬遠していたのだけど。

今日子ちゃんが送ってくれた写真では、菜の花と合わせて炒めていたので、私は冷蔵庫にあったほうれん草でパスタにしてみた。

オリーブオイルとバターで万能ねぎの白いところを細かく刻んで炒め（にんにくがなかったので）、ほうれん草を炒め、ホタルイカを加えて軽く塩をし、スパゲティのゆで汁を加えて乳化させた。

大成功のおいしさ。

やっぱり、ホタルイカは鮮度が命だ。

四月四日（火）快晴

朝から『帰ってきた日々ごはん③』の続き。

とちゅうでクッキーを焼いた。

一度目に焼いたときには反ってしまったり、焼き過ぎてしまったものも混ざっていたけれど、今回のは焼きそんじがひとつもなく、とてもうまくいった。

クッキー作りは楽しいな。

毎日やりなさいって言われたら、私は焼ける。

ラッピングをして箱に並べていったら、お店で売っているのみたいに素敵になった。

何度も書いてしまうけど、これは「ｎｏｗａｋｉ」で『ほんとだもん』を買ってくださった方々へのプレゼントです。

当初は二十五個の予定だったけど、三十三個できた。

子どもたちがたくさん来てくれるといいな。

二時くらいに「コープさん」へ。

風もなく、のほほんとしてしまう。

坂道の桜もほころびはじめている。

神社の桜は、ずいぶん開いている。

すみずみまで暖かく、空気の中に一粒も寒さがない。

九日の「恵文社」のイベントで出すスープに、塩豚を入れようと思って、豚肩ロースのブロックを探したのだけど、「コープさん」にはひとつもなかった。

てくてく歩いて「阪急オアシス」へ。

ここには、「サービス品」という三十パーセント引きのものが二パックだけあったけど、塩豚はできるだけ新しいお肉で作りたい。

冷やご飯
ひじき煮と煮豆（「かもめ食堂」さんの）
味噌スープ（えのき、春菊）

東京よりもちょっと高めだし、豚バラのブロックも一パックしかなかった。

神戸のスーパーでは、ブロックの肉をあまり扱っていないのかな。

私はすぐにあきらめ、ベーコンの塊（前に買っておいしかったもの）を買うことにした。

神戸のスーパーは、ハム、ソーセージ、ベーコンにかけては、いろんな種類があるような気がする。

そう、「コープさん」で、生のホタルイカをみつけた！

四角いパックにぎっしり入って三百五十円のものと、ビニール袋にたっぷり詰まって五百円のものがあった。

生なんてはじめて見た。

これをゆがいて食べるんだろうか。

オリーブオイルとにんにくで炒めてもおいしそうだな。

夜ごはんは、冷やご飯、ひじき煮と煮豆（「かもめ食堂」さんの）、味噌スープ（えのき、春菊）、鯵フライ（スーパーの）せんキャベツ添え。

四月七日（金）

雨が降ったり止んだり

ゆうべはしっかりした雨が降っていた。

風も強く、夜中にカーテンを開けたら、雨粒が窓ガラスに当たってあとをつけていた。

半分寝ぼけながら、（雨の音がする。風の音もする……）と何度も思いながら寝ていた。

最近私は、九時前には寝室に行って、ベッドの中で絵本や本を読んでいるうちに、すぐに眠たくなる。

だから夜中に一度か二度、目が覚める。ぼうぼうと眠ったり、目覚めたり、寝返りを打ったりしながら、思う存分寝くさっている。

朝は七時とか、七時半に起きるから、十時間以上寝床にいる。

『帰ってきた 日々ごはん③』の校正が終わってアノニマへ、レシートの計算も終わってスイセイに、それぞれ早めに送り出すことができたので、きのうは隣街の大きい方の図書館に行った。

坂を下りるとき、海からの風が吹いて春のコートがはためき、私はボタンをとめずに歩いた。

それがなんだか、とっても気持ちがよかった。

人参の塩もみサラダ（醤油ドレッシング）
鶏とキノコのクリームスパゲティ

いつ雨が降り出してもおかしくないような曇り空だったのだけど、目の前にはハッカ色（白と水色が混ざっている）の空と海、八分咲きの桜。

ばーばーと風が体を通りぬけ、体の中にあるものの間も通りぬける。

今日も今日とて、メダルクッキーを焼いた。

きのうのうちに生地を作って冷蔵庫にねかせておいたので。

けっきょく全部で五十枚以上焼けた。

お昼ごはんを窓際で食べていたら、シジュウカラが一羽、電線にとまっていた。

「チュイ」「チュイ」とひと声さえずるごとに、いちばん下の電線からその上の電線、またその上の電線へと飛び乗っている。

いちばん上までいったらどうするんだろうと思って見ていたら、こんどは一段下に下りた。

さすがにその先へは下りず、電柱の出っぱりにとまったけれど。

電線が五線譜のように見えるので、シジュウカラは音楽を奏でているみたいだった。

さて、〝かぐわしき　あまいおちち〟の最後の仕上げをしよう。

夕方、五時を過ぎたころ、雨が上がって、チュクチュクチイチュクチュクチイチュルチュル。

コンビニのおにぎり（梅干し、炙り明太子）
春巻き（コンビニの）

鳥が、たぶん一羽なんだと思うのだけど、さっきから盛んにさえずっている。

おいしい水を飲んで、のどが潤ったみたいにみずみずしいいい声。

空も、海も、建物も……白い靄に覆われている遠くの方から、黄色い灯りが少しずつつきはじめた。

そろそろ中野さんがいらっしゃる。

夜ごはんは、人参の塩もみサラダ（醤油ドレッシング）、焼き油揚げ（生姜醤油、柚子こしょう）、鶏とキノコのクリームスパゲティ（鶏肉は何日か前からにんにくとオリーブオイルでマリネしておいた、生クリーム）の予定。

四月十三日（木）晴れ

今私は、神戸へ向かう新幹線の中でこれを書いている。

ここ二、三日にあったことを、今、書きはじめようとしてパソコンを開いたのだけど、やっぱりちょっと無理みたい。

もう九時過ぎだし。

これから六甲に帰るので、明日ゆっくり書こうと思う。

夜ごはんは、コンビニのおにぎり（梅干し、炙《あぶ》り明太子）、春巻き（コンビニの）、お茶。

四月十五日（土）
曇りのち雨、時々晴れ

さっき、暗くなる前に缶ビールをひとつ持って、屋上でひとり花見をしてきた。

裏山のふもとの家々の庭には、小さいのも合わせて八本くらいの桜の木がある。

きのうシーツを干しにいったとき、満開みたいだったから。

今日はもう、ずいぶん散っている。

でも、とてもきれい。

山には山桜も見える。

白いのも、薄桃色なのも、枝先に茶色い葉がついている種類のもある。

この間まで寒々としていた枯れ木は、芽が出はじめているのか、ほわほわと靄をかぶったようなピンクがかった肌色。

ところどころに緑も見える。

山の家の山も、今ごろはこんな感じだろうか……と、ふと思った。

カラスが一羽ばさばさと飛んできて、物干しざおの端っこにとまった。

嘴《くちばし》につやのある、大きなカラスだ。

空へとジャンプするように飛び込み、山に向かって飛んでいきながら、「カーア　カーア」と大きな声で鳴いていた。

今週は、いろいろなことがいっぺんにあった。

まず、「nowaki」での展覧会が幕開けした。

「恵文社」でのトークイベントもとても楽しかった。

スープもおいしくできたし、朗読&ライブペイントもぶじに終わった。

次の日、中野さんと桜のトンネルを散歩し、摩耶山の中腹までケーブルカーに乗った。

その次の日は、東京から絵本の編集者さんがいらっしゃった。

その翌日の朝、中野さんをお見送りがてらパンと牛乳を買って家に戻り、仕事をしていたら、姉から電話があり、母が手術をすることになったという。

はじめは帰省するつもりはなく、「おいしい本」の原稿を書いたりしていたのだけど、気づいたら荷物をまとめていて、夕方五時半くらいの新幹線に乗り、八時には病院に着いていた。

母は、内視鏡で卵巣を取る手術をした。

その晩は姉の家に泊まり、翌朝の九時くらいから病院に行った。

母は顔つきがとてもしっかりしていて、午後には自分でトイレにも立てるようになった。

私はずっと母の隣にいて、筆談で（母は耳が遠い。相部屋なので、大きな声を出すと他の患者さんたちの迷惑になりそうなので）看護婦さんのおっしゃることを伝えたり、トイレについていったり。

新しい絵本のできかけのものを持っていったら、とても喜んだ。

ゆっくりとページをめくり、にやにやしながら何度か読み返し、感想文を書いてよこした。

そのあとは俳句を作ったり、教会の印刷物を読んだり、ベッドの上で足を曲げたり伸ばしたり。

私はいちどぬけて教会に行き、牧師さんたちに母の病状を伝えた。

帰ってからはパソコンを広げ、病室で「おいしい本」の続きをずっと書いていた。

ときどき、母の動きが気になってベッドの方を見ると、「大丈夫だから、こっちを見ないで」なんて言う。

トイレにもひとりで行きたがり、スリッパをはくときにも「手を貸さなくていいから」と言う。

なんだか、何でも自分でやりたがる子どものようだった。

今回の「おいしい本」は、母の大好きな絵本『こんとあき』についてなので、書き上がった原稿を見せてみた。

ベッドにゆっくり起き上がり、パソコンの画面に手を添えながら夢中で読んで、また感想を紙に書いてよこす。

普段から運動をしているからか、八十七歳のおばあちゃんにしてはすごい回復力だ。

看護婦さんも手術をしてくださった先生も、驚いていた。

私はとても安心し、夜八時くらいの新幹線で帰ってきた。

新幹線の中で私は、感謝の気持ちでいっぱいになった。

母の体力にも、気力にも、持ち前の明るさにも。

そして現代の医療の素晴らしさにも。

神戸に着いて、いつもお参りしている神社の前を通るとき、タクシーの窓から手を合わせた。

さて。

というわけで、今日は「おいしい本」の仕上げをし、編集者にお送りした。

あちこち掃除機をかけ、ゴミを出し、旅の支度。

明日はいよいよ、福岡の「Rethink Books」でトークイベントだ。

イベントで朗読する新作のお話〝ポランとよばれた〟を、小さなスケッチブックに清書した。

鮭のカス漬け（自家製）
即席味噌汁
（おぼろ昆布、揚げ玉、かつお節、味噌）

明日は、朝十時ごろの新幹線に乗るので、今夜のうちに中野さんがいらっしゃる。

私は早めにごはんを食べてしまおう。

長野さんが送ってくださった、『ムーミン』の新しいDVDを見ながら。

夜ごはんは、鮭のカス漬け（自家製）、大根おろし、小松菜と油揚げの煮びたし、椎茸甘辛煮の卵とじ、プレスハムの焼いたの、即席味噌汁（おぼろ昆布、揚げ玉、かつお節、味噌）。

四月十七日（月）雨

「Rethink Books」でのイベントは、きのうぶじ終わった。

十二時十五分発の船で、中野さんと能古島《のこのしま》へ渡る。

雨、雨。

しっかりと雨。

四月十八日（火）快晴

ものすごくいいお天気。

ぐっすり眠った。

夢も、ふたつかみっつみた。

夜、眠っているときにカエルの声がしていた。

雨の音が遠くの方からして、近くでカエルの声。

きのうは何をしていたんだっけ。

シバッちと中野さんと祥子ちゃんが、こたつでお喋りしていた。

私は寝転がってマンガを読んでいた。『この世界の片隅に』。

その間ずっと、雨が降っていた。

雨は横なぐりになり、バケツをひっくり返したようになり、床の間のあたりに雨漏りがしはじめた（シバッちが音を聞きつけた）。

祥子ちゃんとシバッちが、いろいろな大きさのボウルやタッパーをひとつずつ、いくつも持ってきて、雨漏りするところに置いた。

床の間のあちこちから、雫が落ちている。

とても静かで、雫の落ちる音しかしなくて、いろいろな音階で、リズムもいろいろで、タルコフスキーの『ノスタルジア』みたいだった。

今朝は、外のテラス（材木が横に渡してある）で、陽に当たりながらコーヒーを飲んでいる。

蜂がぶるぶるぶるぶるいっている。
この島は、シバッちたちのこの家の感じは、どことも違う。
隣で中野さんがおっしゃった。「前に来たとき、なおみさんはこの音を聞いていたんですね」
私「うん。どうだったかな。いろんな音がしますね」
中「なおみさんは、よっぽど耳が詰まっていたんですね。これが（こういうふうに、いろんな音がするのが）ふつうですよ」
私「そうか。そうなのか」
蜂はぶるぶるぶるぶると、空中の同じ場所で盛んに羽を震わせている。
小さな虫が飛んでくると、ふざけるみたいにちょっかいを出し、追いかける。
また戻ってきて、同じところでまたぶるぶるぶるぶるしている。
中「だんご虫が地面に穴を掘っている音が聞こえます。落ち葉の上を歩いたり、草の上を歩いたりしている」
私「え、そうですか？　ぜんぜん聞こえない」
中「なおみさん。だんご虫にもオスとメスがいるのを知っていますか？　メスは白い斑点があるんです」

私「えー、そうなんだ。そんなの見たことないです」

中野さんはノートの端に、オスとメスの絵を描いた。

飛行機が空を横切ってゆく。

ブルブルブルルルああああああおわおわおわあああ。

蜂はいなくなった。

さっきもう一匹が飛んできて、屋根の向こうに一緒に飛んでいったから。

そのあとは、中野さんが公衆トイレ（海辺の公園にある）に行くのについていきがてら、おのおので散歩した。

トンビが山の方に小さく見える。

こっちに来ないだろうか、来ないだろうか……どうか、来てください、と願うのだけど、どんどん小さくなる。

空をぐるりぐるりと旋回し、高いところへ昇っているのだ。

船着き場の方向にもう一羽みつけた。

あっちのトンビもどんどん小さくなる。

『どもるどだっく』はこの島で生まれたから、トンビにお礼を言いたいのに。

中野さんは、向こうの浜の離れたところにいらっしゃる。

コンクリートブロックの欠片らしきものを背もたれに、海を見ていて動かない。

次に見たときには、石か何かを拾っていた。

トンビが見えてきた方に向かって、私は歩いていった。

そこは、海につき出した小さな堤防のテトラポットで、二年前にも座っていたところ。

そこでじっと待っていたら、堤防の先端に立っている金属の棒のところにとまりにきたので。

でもやっぱり、ずんずん高く高く昇って、見えなくなった。

あきらめて私は帰ってきた。

白い車（軽トラは廃車になったのだそう）がなかったので、シバッちたちは店（「ノコニコカフェ」）に出かけたことが分かった。

中野さんはたたんだ布団に寄りかかり、目をつむっている。

私は台所でクッキーを焼くことにした。

今夜は浅葉さんのお誕生日会があるので、プレゼントしようと思って。

『ほんとだもん』のメダルクッキーと同じ生地。さっき、作ってねかせておいた。

中野さんはひと足先に、「ノコニコカフェ」に歩いていくことになった。

クッキーはハリネズミと花の形の型を使って型抜きし、スプーンの先で毛並みと花弁の模様を入れ、イノシシと桜にした。

うまく焼けた。

そろそろ私もトイレに寄って、「ノコニコカフェ」に行こうかな。

海辺の道を行ったり、海岸に下りたり、とろとろと道草をくいながら気ままに歩いた。

浜大根の薄紫の花の下に、白っぽい猫がいる。

腰から下に、うっすらと肌色の縞がある猫。

こっちを見ている。

警戒している。

前に、中野さんから教わったように、離れたところにゆっくりと近づいて、座って、前を見ているふりをして目の端でとらえた。

眉毛があるみたいな顔の猫だ。

花の影が木漏れ陽みたいに当たって（花漏れ陽という言葉はあるだろうか？）、顔のまわりがちらちらしている。

少しだけ首を傾けている。とても可愛らしい。

私が見ていることを猫も分かっているようだけれど、知らんぷりしてくれている。

小さいころ、保育園や幼稚園の帰り道で猫をみつけると、私はすぐにしゃがみ込んでいたらしい。

姉が「なおみー、行くよー」と呼んでも、なかなか戻っていかなかった。

「みつる（双子の兄）は、呼べばすぐにニコニコしながら走ってくるのに、あんたはいくら呼んでもちっとも動かなくて、ほんとに憎らしかった」と、前に言われた。

遠くの埠頭のようなところで、風に向かって羽を広げているのは何の鳥？

黒っぽいけどカラスより大きい。

浜に下りて、近づいてみるも、分からない。

トンビではないらしい。

羽を乾かしているんだろうか。ときどきすぼんで、また広げたりしている。

離れたところにいるもう一羽は、ただとまっているだけ。

また、てろてろと歩く。

ひとりの散歩は気楽でいいな。

祥子ちゃんには「高山さん、もう、ほんとにゆっくりしてください。何にもしないで、お散歩したりして、ゆっくり自由にしていってください。私たちも時間とか決めずに、適当にお店に行きますから」と、言われている。

ずいぶん先に着いていた中野さんは、「ノコニコカフェ」のカウンターの下の板に絵を描いていた。

赤と黄色の水性ペンキで、ずんずん描いている。

私は海が見える椅子に腰掛け、夏みかんの生ジュースとビールを注文して、交互に飲んだり、割ったり。海を眺めたり、音楽を聞きながら目をつぶったり、絵を描いている中野さんの後ろ姿をぼんやり眺めたり。

日記など書くつもりではなかったのだけど、夕方までにはまだたっぷり時間があるので、ノートを出し、いままでのことを思い出しながらこうして書いている。

トイレに行きたくなったら、ゆっくり歩いて船着き場に行けばいい。

トイレから戻ってきたら、郁子ちゃんの歌がかかっていた。

♪くもも　きずも　なんにもないそら
うそみたいな　つべつべの　あおいそら
なんかきゅうに　かなしくなって　きみをよんだ
きょうも　きっと　げんきで　やってるんだね

すーっと鳥肌が立った。

空と海と風と島の人々と、今ここに流れている時間に隙間なくどんぴしゃなのに、隙間だらけ。

お昼ごはんは、「ノコニコカフェ」のイングリッシュマフィン・サンド（シバッち作）。マフィンは香ばしく焼けて、スパムはジューシーで、卵はふわっふわ。ものすごくおいしい。

夕方、クッキーを取りにいちど戻り、ビールを酒屋で買って、車で浅葉さんのお宅へ。

浅葉さんのお誕生日会のごちそうは、能古島産の大粒牡蠣フライ（せんキャベツ添え）、ローストビーフ（ホースラディッシュ添え）、さまざまなお刺し身の大皿盛り合わせ（「ざっこ」さんのお造り）、水菜とトマトのサラダ（祥子ちゃん作）、ビール。

料理はどれも最高においしく、浅葉さんちのベランダからの景色もすばらしく、森の中にある泉みたいなお風呂にも入らせてもらった。

浅葉さんの長男の万次郎（小学一年生）に教わりながら、生まれてはじめてオセロもした。

万次郎はこれまで、家族の誰にも負けたことがない。

「はじめてにしては強いよ。最初、白が多かったし」なんて言われながら、二回戦やった。もちろん二回とも負け。

四月十九日（水）
快晴、風強し

ゆうべもまた、とてもよく眠れた。

いちど目が覚めても、すぐにまた眠れる。

どうしてこんなに眠れるんだろう……というくらいに、深く。

風の音が、ずっと、子守唄だった。

今朝もきれいに晴れている。

風がとても強く、海は一面に白波立っている。

こんな日は、漁師さんたちは「うさぎが跳んでる」と言って、危ないから漁に出ないのだそう。シバッちが教えてくれた。

朝、トイレに行ったついでに、山の方へとぶらぶら歩いてみた。

竹やぶの細い竹が伸びていた。

風が吹くと竹どうしがぶつかり合い、カラコロカラコロと涼しい音を立てる。

どこかの国に行ったとき、こんな音の竹の風鈴があったっけ。

インドネシアだったかな。

しばらく歩き、下りてきたら、田んぼの方を向いて中野さんが柵にもたれていた。

一メートルほど隙間を開け、私も並んで柵にもたれた。

太陽が眩しい。

ぽつりぽつりとお喋りすると、私たちの間を心地いい風が吹き抜けてゆく。

同じ景色を見、同じ風を受けているので、沈黙の間もさわさわと、声を出さずにお喋りしているみたい。

帰り支度をし、リュックをしょって、海辺の道をふたりで歩いた。

前になったり、後ろになったり、横に並んだり、間が開いたり、少し間が縮まったりしながら。

浜にもいちど下りた。

「ノコニコカフェ」で、しばしゆっくりする。

お昼ごはんは「ざっこ」さんで。

何を食べてもおいしく、私は食欲全開となる。

そら豆の天ぷら、芹《せり》のごま和え、浅蜊のバター蒸し、本マグロ丼（つみれのすまし汁、漬物つき。半分ずつ食べた）、能古野菜盛り（筍の煮物、ゆでワラビ、つくしの薄炊き）、冷酒（ふたりで二合だけ）。

「ノコニコカフェ」に戻ってきて、船の時間までゆっくりする。

お店が暇になると、シバッちと祥子ちゃんが外に出てきて腰掛ける。

私たちは、お喋りをするでもなくそこにいた。

私はコロナビールをちびちび呑みながら、海を眺め、音楽を聞くでもなく聞いていた。

中野さんもコロナを呑みながらそこにいて、ぽつりぽつりお喋りしたり、どこか遠くの方を眺めたり。

音楽はシャッフルなので、何がかかるか分からない。

アリヤマ君の声がして、「スカンク兄弟」の歌がはじまった。

♪となりじまへ　むかうフェリー
いつものじかん　いつものうみ
りとうさんばし　むかえにいくと
じてんしゃで　きみをのせ
きみがひなたで　ぼく　かなた
ふたりでいれば　ひなたかなた
「いちじかんめ　こくご」
「にじかんめ　しゃかい」

「さんじかんめ　すうがく」
「よじかんめ　なんだっけ」

畑さんのギターの音、長野君のベース、郁子ちゃん、ケンイチ君、ブンちゃんの声もする。

こんな離島の小さなカフェの片隅で、私はこの歌にはじめてちゃんと出会えたような気がした。

懐かしい東京の友人たち。仕事仲間。

十年以上も昔、この歌ができたばかりのころに、よく集まっては呑んでいた「太陽」のこと。

彼らと一緒に何冊も作ってきた、料理本のための撮影。

「クウネル」の撮影。朝まで呑んで、歌い合ったカラオケ。

そういうことから私は離れ、誰も知らない遠いところに、ひとりでやってきたと思い込んでいた。

でも、そんなことはなかった。

歌声だけなのに、海風に混じって声が聞こえているだけなのに、みんなの顔も姿も見えた。

なんだかとてもくっきりとしていた。

離れていた方が近くに感じることって、本当にあるんだな。

ふと横を見ると、そこには中野さんがいる。

私の頭には懐かしい友人たちの像があり、その中に中野さんも混じっている。

なんだか不思議だった。

祥子ちゃんは「ふふふ」と、シバッちは「は、は、は（「は」と「ふ」の間）」と、ふたりはお喋りの合間に小さく笑う。

自分が話したあととか、誰かが話し終わったりするときなんかに。

さっきまで話していたことを反芻しているみたいに。

思い出し笑いみたいに。

「ふふふ」「は、は、は」

会話が途切れたとき、「今、天使が通った」なんてよく言うけれど、祥子ちゃんたちの微笑みは、ときおり吹いてくる能古の海風と同じ感じ。

祥子ちゃんとシバッちにも、私は出会い直した。

「ノコノコロック」でお世話になって、これまで何度も会っていたのに、浅葉さんにも、奥さんのやちよちゃんにも、ちゃんと会ってはいなかった。

彼らにも、はじめて出会えた。

きっと、能古島という島にも。

そしてさっき、船着き場の自動販売機のところで、タスポカードの使い方を教えてくださった素敵なおじいさん（とても紳士的な方だった）が、べんけい草という珍しい花（七年にいちどしか花を咲かせないそう）を一枝と、檀《だん》菜（貝割れ菜の原種）、芽吹きコーン、エゴマもやしをお土産に持ってきてくださった。

おじいさんは前田龍郎さんといって、珍しいスプラウトの類を島で長い間作っていらっしゃる。

私は龍郎さんにも、「ノコノコロック」のときにお会いしたことがある。

でも、はじめてちゃんと会えた気がした。

中野さんと相談していた帰りの船の時間は、二時発だったのが三時発になり、けっきょく四時発となった。

たまたま通りかかったみたいに「ノコニコカフェ」にやってきた、浅葉さんとやちよさん、やちよさんの宮古島の友だちに、また会えた。

学校帰りの万次郎にも会えた（子どもたちだけで行列し、通学している）。

みんなの中にいると、万次郎はとても小さく見えた。

カバンの方が大きいくらい。

船に乗り込んで甲板に立っていたら、シバッち、浅葉さん、万次郎が向こうから走ってきて、埠頭まで見送ってくれた。

私はずっと手を振っていたのだけど、ふと横を見ると、中野さんは手旗信号みたいな合図を万次郎と送り合っていた。

両腕を大きく、きちっ、きちっと動かして。

四月二十五日（火）快晴

能古島の日記の中で、私はずっと「浅葉さん」と書いていたのだけれど、正しくは「浅羽さん」でした。

そうか。葉っぱじゃなくて、羽根だったのか。

浅羽さん、やちよさん、万次郎君、九太君、十歩君、間違えていてごめんなさい。

このところ、とてもよく晴れている。

能古島から帰ってきたら、季節がはっきりと変わっていた。

桜の木は、花が咲いていたことなど忘れてしまうくらいに、若緑の葉でいっぱいだった。

うちの窓からの緑も、見るたびに伸びている。枝が隠れていっているので、そうだと分かる。

冬の間には、枯れ枝の隙間から家や街がのぞいていたのだけど、それも見えなくなった。もう、すっかり初夏なのだ。

きのうの夕方、まだ明るいうちに、中野さんが「ｎｏｗａｋｉ」の搬出をすませてうちに寄ってくれた。

窓辺のテーブルに腰掛け、またひとつ展覧会が終わったことのお祝いをした。ささやかに。

メニューは、蕪以外は能古島のものばかり。

ワカメのしゃぶしゃぶ（土鍋にお湯を沸かし、もどしたワカメを入れてすぐに火を止めた。だし醤油＋ポン酢醤油＋ワケギ）、檀菜のおかか醤油、蕪のオリーブオイル焼き。

ワカメは肉厚で香りも歯ごたえもよく、檀菜はピリッと辛く、春の蕪もみずみずしくてやわらかで、ふかっとしておいしかった。

今朝もとてもいいお天気だし、朝からアパートの上の階でトンカントンカンはじまっていた（水道管を取り替える工事とか）ので、中野さんをお見送りがてら遠足に行くことにした。

夙川《しゅくがわ》駅からとことこと、二両編成の電車にひと駅だけ乗って、「甲陽園」で下り、公園の緑が窓から見えるお蕎麦屋さんで、まずは腹ごしらえ。

神戸に越してきて、私ははじめてお蕎麦を食べた。

ざる蕎麦定食（温泉卵、かやくご飯、漬物つき）、帆立の天ぷら。

蕎麦つゆの味つけが関東に比べて薄く、干し椎茸の味がほんのりした。

お蕎麦もとてもおいしく、大満足。

そこから住宅街に向け、ゆるやかな坂道を上っていった。

とちゅうで、燃えないゴミの青い箱からクリスマスツリーがはみ出しているのを中野さんがみつけ、金と銀の小さな玉を私は拾った。

中「なおみさんは、東京にいたころから変わっていませんね。スイセイさんが金属の部品や何かを拾って、なおみさんはこういうのばかり拾っていたんでしょう？」

そういえばそうだった。

今は葉っぱとか、虫の死骸とか、木の皮とかがそこに加わったくらい。

そのあとも青いゴミ箱をのぞくのを愉しみに坂を上った。

もうひとつ、とても感じのいい空き缶も拾う。

舶来のチョコレートかキャンディーが入っていたような、けっこう古いもの。

これに紅茶の葉を入れたら、きっと似合うだろうなと思って。

毎朝この缶を開けて紅茶をいれるのは、きっといい気分だろう。

角をきちんと合わせないとふたがしまらないところも、厳かな気持ちになっていいと思う。

陽に当たりながら、風に吹かれながら、のんびりてくてく歩く。

目的地は越木岩《こしきいわ》神社というところ。

ここのご神体は大きな岩なのだそう。

鳥居をくぐったら、すーっと風が変わった。

中野さんが靴ひもを縛り直しているとき、私も石段に腰掛けてみた。

ひんやり、しーんとした空気。

神社の中はずっと奥まで森になっている。

ねじくれた幹の古木が生い茂る参道（地面が盛り上がったり、根っこが盛り上がったりして階段状になっている）を上っていくと、お参りするところが点々とあった。

ゆっくり歩き、ひとつひとつの前で立ち止まり、手を合わせた。

いちばん奥の大きな岩のまわりは、花の濃厚な香りがしていた。

探しても、花なんかどこにもないのに。

上まで上って、もういちど私ひとりで岩のまわりを歩いたら、さっきよりも香りが強くなっていた。

「僕となおみさんが行くところは、いつもだーれもいませんね」

ほんとにそう。

この間、摩耶山のケーブルカーに乗ったときもそうだった。

お客さんはみんな、そこからロープーウェイに乗り換えるけど、私たちは観光地みたいなところが苦手だから、上には上らなかった。

往復の運賃が思っていたより高かったし。

でもそこは、とってもいい山の中腹だった。

奥に入ると獣のおしっこの匂いがして、イノシシや鹿に出会いそうで、人は誰もいなかった。

アイヌの神様の人形が置いてある、小さな祠《ほこら》もあった。

気をつけないと転がり落ちそうだったけど、ゆるやかな崖のようなところから、山も桜も神戸湾もすっかり見晴らせた。

越木岩神社も、お花見の時季にはきっと賑わっていただろうけど、今はちょうどゴールデン・ウィーク前だし。

なんだかここは、これまで行ったどこの神社よりも、神聖な感じがした。

この大岩には、白い龍が棲んでいるという言い伝えがあるのだそう。

昔、豊臣秀吉が大坂城の石垣にこの大岩を使おうと、職人たちに切り出させようとしたら、中から白い煙が噴き出したのだそう。

帰りは、別の道を歩いた。

児童公園の長い長いすべり台（三台分あった）をすべり降り、ぐるぐるまわるジャングルジムに乗り、私は目をまわした。

こんどは電車には乗らず、夙川沿いに河原を歩いて、せせらぎに足を浸けたり（ここは前にも来た。お弁当を食べたところ）。

阪急電鉄で中野さんは三宮方面へ、私は六甲で下り、買い物をたっぷりして帰ってきた。

明日は、東京からお客さんがいらっしゃるので。

家に着いたら私は、夏休みにプールから帰ってきた子どもみたいになっていた。

思い切り遊んだあとの、心地いい疲れ。

「きょうおおじぇじぇじぇんぶ たんたんたんしかったの」（『どもるどだっく』より）

夜ごはんは、豚肉と蕪の葉とワカメの炒めもの、朝買ったパン（卵パン、ホットドック）。

さて、明日のちらし寿司に混ぜる、ハモの照り焼きを作ってしまおう。

四月二十六日（水）
雨が降ったり止んだり

朝、起きてすぐに窓を開けた。

雨が降ると、緑の濃い匂いがする。

木がいっぱいあるから、森の中みたいな匂いがする。

幹の切り口からも上ってきているのかな。

今日は、十一時くらいに佐川さん（『どもるどだっく』の編集者）と高野さん（『ココアどこ わたしはゴマだれ』の編集者）がいらっしゃる。

そして十二時から、愉しみにしていた対談がある。

お相手は、『目の見えない人は世界をどう見ているのか』の著者、伊藤亜紗さん。

あと、医学書院の編集者の白石さんと、番匠さんという方もいらっしゃる。

お昼ごはんは、野ぶき煮（実山椒）、蕪の塩もみサラダ（玉ねぎドレッシング）、ちらし寿司（ハモの照り焼き、いり卵、じゃこ、たらこ、そら豆、ごま）、すじコンとキノコの炊き込みご飯（椎茸、舞茸、ワケギ、実山椒、紅生姜）、ワカメともち麩のすまし汁。

私の吃音の症状は、かなり個人的だと思っていたので、人にはあまり言ってこなかったのだけど、このたびは伊藤さんが吃音についての本（まずはウェブ・マガジンに掲載される）を書かれるということで、ずいぶん細かなところまで聞かれた。

伊藤さんの声は、やわらかな布みたいで心地よく、私は誘われるままにずんずん答えた。話しながら、ずっと忘れていたこと（意識にも上らなかったような）が、水が噴き出すように思い出され、お喋りが止まらなくなった。

なんだかカウンセラーとの対話のようでもあった。

伊藤さんも編集のおふたりも、みな子どものころに吃音があったそうなので、それぞれの体験や症状、どもらずに言葉を発する対処法を言い合ったり。

普通でないことを（自分では普通だと思っているけど）、普通のことみたいに笑いながら話せるのが、せいせいとしておもしろかった。

自我が強過ぎる私の人格は、吃音以前に言葉の出が遅かったことにも関係があるのかも。

三時には終わり、伊藤さんと番匠さんは、帰りの新幹線の時間があるのですぐに帰られた。

白石さんがしばらく残ってくださったので、窓辺のテーブルで景色を眺めながらコーヒーを飲んだ。

白石さんをお見送りがてら、佐川さん、高野さんと四人で坂を下ったのも楽しかったな。いつもの神社に案内し、お参りもした。

パン屋さんの通りで白石さんとお別れし、私たちはカレーパンを買い、また坂を上って帰ってきた。

佐川さんも高野さんも、何でもなくすーいすーいと上っていた。

ふたりとも、小学校が坂の上にあったんだそう。

どうりで。

佐川「みんな、ランドセルを投げたりしながら、上っていました」

坂を下りるときにも、上るときにも、目に見えるか見えないかくらいの小雨が降っていたのだけど、高野さんはずっと傘を差さずに歩いていた。

足取りも軽く、ずんずんと。

どうしてか分からないのだけど、なんだか私は嬉しかった。

そうそう、坂のとちゅうでサツキの花の蜜を吸い散らかしている小学生グループがいたっけ。

私もひとつ摘んでやってみたら、男の子のひとりが変な顔をして見ていた。

(大人やのに、なんでそんなことするんやろう……)というような顔。

帰り着き、窓辺のテーブルに腰掛けて、いろいろなことのお祝いにシャンパン（佐川さんのお土産）を開けた。

雨上がりの空が薄暗くなり、蒼くなって、海にオレンジ色の灯りがつきはじめるのを眺めながら、きらめく夜景を眺めながら、終電の新幹線ぎりぎりまで、三人で呑んだ。

四月二十八日（金）晴れ

海が青い。

今週はいろいろあったので、思い出しながら日記を書いている。

今日は、遠くの方で船が浮かんでいるのも、向こう岸（紀伊半島の和歌山のあたり）にぽつんと立っている白い煙突のようなものまで見える。

ラジオの天気予報で花粉予報をやっていた。

このところの私のひどい鼻水は、ヒノキの花粉らしい。

今日も飛んでいるけれど、それほどには多くなく、ピークは過ぎたのだそう。

ああ、よかった。

「ひじき入り切り干し大根煮」の試作をしながら、そのあともずっと日記を書いていた。

戸田さん（もとクウネルの）からひさしぶりに電話があり、料理の仕事をご依頼くださ

豚の生姜焼き（蕪の葉炒め添え）
人参の塩もみ
味噌汁（玉ねぎ、油揚げ）

った。

うーん、どうしましょう。

やってみようかな。

中野さんが今日描いた絵の画像を二度送ってくださり、そのたびにじーっと眺めた。

今はもう五時半を過ぎているのだけど、まだ明るい。

海も、まだまだ青い。

今日は、明るいうちにお風呂に入ってしまおうか。

下に下り、郵便受けを見にいきがてらアパートの外に出てみた。

緑の匂いがした。

しんみりと濡れたような植物の匂い。

晴れていても、こんなに匂うのか。

山に近いからだろうか。

夜ごはんは、豚の生姜焼き（蕪の葉炒め添え）、ひじき入り切り干し大根煮、人参の塩もみ（すりごま、ごま油）、味噌汁（玉ねぎ、油揚げ）、大根の漬物、ご飯。

四月二十九日（土）
晴れのち雨のち晴れ

日記を書いていたら、空と海が白くなって雨が降り出した。

さっきまで晴れていたのに。

でも私は驚かない。

朝、ラジオの天気予報で、「上空に寒気があるため、急な雷雨や落雷に注意してください」と言っていたから。

雨はしばらく降り続き、上がって、パーッと晴れてきた。

緑がみずみずしい。

どこかで虹が出ているかもしれない。

いてもたってもいられず、散歩に出る。

坂を下ってパン屋さんへ。そのまま川を下って、川沿いの公園へ。

グラウンドの裏の篠原公園は、白と薄紫の藤の花が満開だった。

藤の花って、とてもいい匂いがするんだな。きれいな女の人のような匂い。

さっき下ったのと平行している川沿いの道を上り、「コープさん」へ。

ここははじめて通る道。

黒っぽい犬を連れたおばあさんが、身を乗り出して川の流れを見ていた。

とても可愛らしい犬だったので、私はじっと見た。

すれ違ってから犬はふり返り、私のことをずっと見ていた。

なんと、「コープさん」が、新装開店していた。

とても明るくなっていた。

棚の配置はだいたい同じだけれど、通路が広々として品数も増え、冷凍食品のコーナーに大きな扉の冷凍庫ができている。

でも、大型スーパーみたいにきらびやかではないから、心落ち着く。

お客さんも多過ぎるわけではなく、ほどほどに賑わって、ひとりで来ているおばあちゃんたちも前と変わらずにいる。

みんな、なんとなしに嬉しそう。

連休の初日だから、中学生とか高校生の子どもたちも買いにきていた。

行きつけのスーパーがきれいになって、嬉しいな。

帰り道、坂を上るにつれ緑が増え、人はいなくなる。

そして、ひんやりとした空気。これはまさしく山の空気だ。

去年の今ごろ私はまだ東京にいて、引っ越しの箱詰め作業をしていたんだな。

茄子とひき肉のカレー
コロッケ（「コープさん」の）

なんだかウソみたい。

私は前よりずっと、外向きに、元気になった。

夜ごはんは、茄子とひき肉のカレー、コロッケ（「コープさん」の）、人参と胡瓜とトマトのサラダ。

＊4月のおまけレシピ

ホタルイカと菜の花のスパゲティ

ゆでホタルイカ1パック（約130g）　菜の花½束　にんにく1片
スパゲティ180g　その他調味料（2人分）

ホタルイカは春を呼んできてくれます。寒さがゆるむころに魚屋さんでみかけると、ソワソワしてしまうけど、出はじめはまだ小振りなのでもうしばらくがまん。4月に入ってぷっくりと膨らんだ、つやつや光る新鮮なホタルイカは、何もつけずにそのまま食べても、ワサビ醤油や酢味噌で食べても、多めのオリーブオイルでにんにくと炒めてもこたえられないおいしさ。日記の中ではほうれん草と炒めてスパゲティにしているけれど、ここでは菜の花と合わせました。出会いものの菜の花と炒めるのは、「MORIS」の今日子ちゃんから教わりました。

菜の花は買ってきたらすぐに水に放ってください。コンパクトに束ねられた菜の花が、数時間たつとボウルから溢れんばかりに膨らんで、私は毎回驚きます。十分に葉が開いたところで新聞紙にふんわり包み、厚手のビニール袋へ。こうしておくと冷蔵庫の野菜室で5日間くらいぴんぴんしています。


鍋にたっぷりの湯を沸かし、塩を加えてスパゲティをゆでます。その間ににんにくは薄切り、菜の花は3cmの長さに切っておきます。

フライパンにオリーブオイル大さじ2を弱火で熱し、油が冷たいうちからにんにくを加えて炒めます。香りが出てきたら強火にし、ホタルイカを加えてザッ、ザッとフライパンをふって炒めます。

軽く火が通ったら菜の花を加え、塩をひとふり。ほどよくしんなりするまで炒めたら、バター30gを加えて溶かします。スパゲティのゆで汁をお玉1杯ほど加え混ぜ、オイルと乳化させたら、ゆで上げたスパゲティを和えます。黒胡椒をひいてできあがりです。お皿を温めておくのも忘れずに。

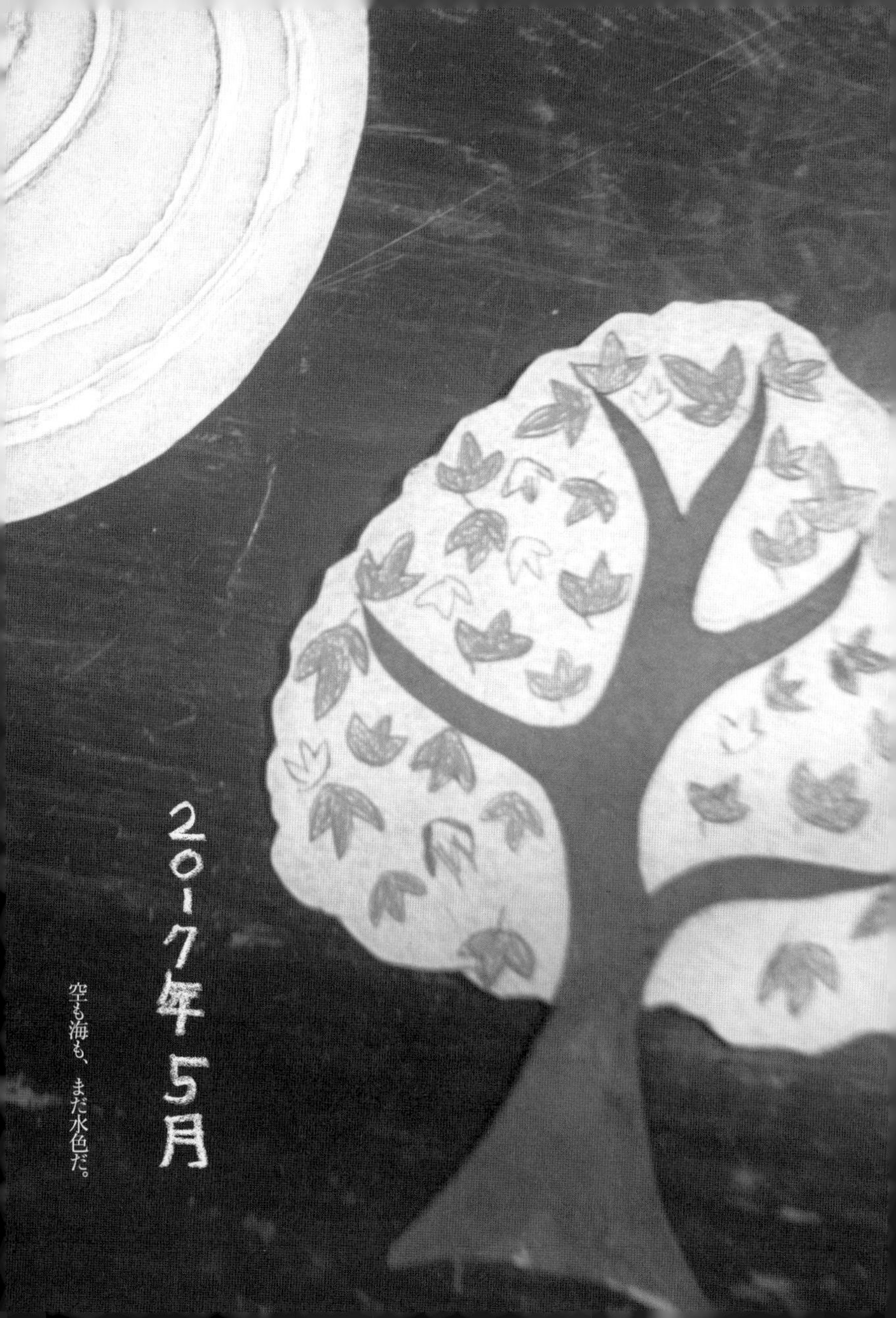

空も海も、まだ水色だ。

五月一日（月）晴れ

今日から風香る五月。

母にファックスを書いて送ったり、イタリアの絵本（『こどもってね……』）の帯文をぼんやり考えたり、四月分のレシート類をまとめたり。

ざざざざざざざ……と音がして、雨かなと思って窓辺に立つと、葉っぱが風でこすれている音。

そんなことが二度あった。

朝はタオルケットを洗った。あと、スニーカーも洗った。

白いものを洗濯したくなる日だ。

さて、『帰ってきた日々ごはん③』の「おまけレシピ」をやろうかな。

さっき、屋上に行ってきた。

山の緑はもくもくしていた。

あんまりすごいのでいちど下り、缶ビールを持ってまた上って、ひとり緑見をした。

風が吹くと、山のあちこちで木の葉が揺れ渡り、全体でひとつの生き物のようになる。

むりむりうようよ。

見ている間にも葉先が伸びていくよう。

モズク酢（みょうが、胡瓜を加えた）
茄子とひき肉のカレー

私の体にもそれが伝染し、一瞬だけ目眩がした。

今の季節は、森も、虫も、動物も、みなうごめいている。

たぶん私も。

夜ごはんは、モズク酢（みょうが、胡瓜を加えた）、ひじき入り切り干し大根煮、茄子とひき肉のカレー。

五月二日（火）晴れ

風もなく、穏やかな天気。

よく晴れている。

海が青い。

戸田さんから送っていただいたコンテを見ながら、料理のアイデアをまとめたり、軽く試作をしたり。

なんだか私、料理家みたいじゃん……とつぶやきながら、トイレに行ったりしている。

気づけば「ふんふん」と鼻歌も歌っていた。

私、楽しいのかな。

玄関を入ったところの目隠しカーテンや、棚にかけてある刺繍の布など、白いものばかり洗濯したり、布団カバーに穴が開いたのを直したり、掃除機をかけたり。

今日はスイセイから二度電話があった。

主には、『帰ってきた日々ごはん③』の写真ページについて。

今は、山の家でも緑が爆発して大忙しだろうけれど、スイセイはいいアイデアがどんどん湧いてきている様子だった。

ビンと缶のゴミを出しにいくついでに、森の入り口まで上った。

とても静か。

ウグイスの声の他は何も聞こえない。

今が盛りの紫色の花を摘んで帰ってきた。

葉っぱの緑と花のコントラストがとてもきれい。花弁は五枚。

去年も、今ごろから夏にかけて咲いていた。

何という名前なんだろう。

そのあとで、『たべたあい』の色校をボンドで貼り合わせて本の形にしてみたり。

『たべたあい』が出たのは冬だったけど、今こそまさに、このごろの山の勢いにぴったりくる。

『たべたあい』の山の場面は、この裏山なので。

カリカリお揚げうどん
ワカメとみょうがの酢のもの
水菜のおひたし

暗くなる前の夕方に、雑巾がけをした。

小学生のころのように、前屈したまま、たーーっと足をけって、部屋の端から端まで。

これは前に、マキちゃんが泊まりにきた日に教わった。

全部終わったときには、しっとりと汗をかいていた。

夜ごはんは、カリカリお揚げうどん（油揚げ、梅干し、とろろ昆布、ねぎ）、ワカメとみょうがの酢のもの（ちりめんじゃこ、らっきょうの汁＋ポン酢醤油）、水菜のおひたし（すりごま、薄口醤油、ごま油）。

きつねうどんにするにはちょっと厚いような気がして、油揚げをフライパンでじりじりと焼いてからうどんにのせてみた。

大きいままのせたので、噛みちぎるのがたいへんだったけど、香ばしくてなかなかおいしかった。こんどはひと口大に切ってからのせよう。

そうだ。

ゆうべ夜中に、聞いたことのない動物の鳴き声で目が覚めた。

それは山の方から聞こえているようだった。

カーテンの隙間からのぞいて、じっと待っていたら、だんだん声が近づいてきて、ずいぶん近くなったのだけど、姿は見えず。

あきらめてもう寝ようとしたら、灰色に銀が混じったような、紺色がかった毛足の長い、猫よりもずっと体が大きく尻尾も長くて太い獣が、道路の隅っこをちょろちょろして、すぐにいなくなった。

あれはタヌキだったんだろうか。

街灯に照らされていたから、毛並みが銀色に見えたのかな。

キィーーーヒュイーーーみたいな、何かがこすれて出てくるような、子犬がいじめられて悲鳴を上げているような声だったけど。

もしかしたら、鳴いていたのはタヌキをみつけた近所の犬だったのかな。

吠えるというより、怯えてヒーヒー鳴いていたのかも。

犬は、庭の傾斜を下りながら鳴いていたのかも。

五月三日（水）

ぼんやりした晴れ

ぐっすり眠って、七時半に起きた。

夢もいくつかみた。

朝から「おいしい本」の原稿書き。

本は、佐野洋子さんの『親愛なるミスタ崔　隣の国の友への手紙』。

ゆうべ寝る前に読んでいたら、眠っている間に書きたいことが上ってきた。

明け方にはそれを言葉に変換し、反芻していたような気がする。

朝ごはんを食べてすぐにパソコンに向かったら、するすると出てきた。

とちゅうで、きのうのうちに洗濯しておいた白い布類にアイロンをかけ、もとあった場所に吊るしたりもした。

「おいしい本」、書けたみたい。

締め切りはずいぶん先だから、寝かせておこう。

調子にのって『帰ってきた日々ごはん③』の「おまけレシピ」も書いてしまう。

詰まってきたのでいちど下へ下り、森の近くまで散歩した。

腕をぐるぐるまわしたり、首をまわしたりしながら。

「おまけレシピ」は、五時までに四品分書けた。

今日はなんだかずいぶんはかどった。

時計の針が、いつもよりうんとゆっくりな感じがした。

曇りがちで緑の勢いがちょっと収まり、空気が落ち着いているからだろうか。

私にもそれが伝染し、気持ちが安定しているのかも。

本当は買い物に出たいけれど、クリーニング屋さん（最近みつけたお店）が今日はお休みだから、明日出かけるつもり。

なので今夜は粉ものレシピ。

夜ごはんは、水菜のお焼き（椎茸と大葉も加えた。タレはおろしにんにく＋醤油＋ごま油＋コチュジャン）。

五月四日（木）快晴

今朝も七時半に起きた。

ゆうべもまた、『親愛なるミスタ崔』の続きを読んで寝た。

とても刺激的でおもしろい。

夢もたくさんみたのだけれど、眠りながらまた「おいしい本」で書くことを反芻していたみたい。

朝ごはんを食べ終わってすぐに、きのう書いた原稿のほとんどを書き直す。

昼前にはできた。

これでだいじょうぶかな。しばらく寝かせておこう。

お昼ごはんは初そうめん。

一束しかなかったので、切り干し大根を戻していっしょにゆでてみた。そうめんのつるりとした食感を楽しむというよりも、切り干し大根の歯ごたえの小気味よさを味わう感じ。なかなかおいしかった。

薄目のめんつゆにごま油をちょっと、というのがまたよかった。

ぶっかけそうめん（切り干し大根、水菜、みょうが、大葉、天かす、めんつゆ）。

きのうくらいから、窓を開けていてもそれほどには鼻水が出なくなった。

ヒノキ花粉は収まってきたんだろうか。

明日は朝からインタビューでお客さんがいらっしゃるので、一階だけ掃除機をかけた。

二階は明日の朝やろう。

さて、街へ下りようかしら。

ひさしぶりに人混みに出たくなったので。

行ってきました。

阪急電車に乗って、西宮北口まで行ってきた。

とてもいい感じのするワイン屋さんもみつけた。

お店の造りはおしゃれで、ちょっと高級そうな感じがするのだけど、高いものばかりではなく、二千円しないワインもけっこう置いてある。

焼売（いつぞやに作って冷凍しておいた）
水菜とピーマンの塩炒め
お粥（たらこ、ごま油）

「今の季節にぴったりな、白を」とお願いしたら、ウィーンのきりっとしたワインをみつくろってくださった。

その反対の、まろやかな感じのイタリアワインと合わせ二本買う。

反対側に出て、ショッピングモールも散策した。

ここは人がたくさんいた。洋服もたくさんあり過ぎて、けっきょく何も買わずに出てきた。

六甲に戻ると、やっぱりほっとする。

「いかりスーパー」で、みりん、そうめん、オイルサーディン、ハム、バター、卵など買って、ゆらゆらと坂を上って帰ってきた。

夜ごはんは、いつぞやに作って冷凍しておいた焼売（ごま油で両面を焼き、お湯を少し入れてフライパンで蒸し焼きにしてみた。大成功。辛子醤油&ウスターソース）、水菜とピーマンの塩炒め、お粥（たらこ、ごま油）、ひじき入り切り干し大根煮。

五月五日（金）
曇りのち晴れ

六時半に起きてしまった。

七時まで待ち、カーテンを開けると、太陽はもうずいぶん上の方に昇っていた。

ゆうべはちょっと教訓的な夢をみた。

そうかぁ、やっぱりそうなんだと、隠れていた自分の本心に身をもって気づくような夢。

朝ごはんを食べ、掃除機をかけ、身支度をして本を読んでもまだ時間が余る。

ゴミを出しにいこうとしたら、ジリジリジリ――――という電気音が聞こえてきた。

管理人さんが事務所でヒゲでも剃っているのかな……と思いながら階段を下りたら、小さな掃除機で靴ふきマットの上のゴミを吸い取ってらした。腰を曲げて。

急に近づいて驚かせてはいけないので、ポストに郵便がきていないかどうか確かめた。

私に気づいた管理人さんは、「えらい、ぬくうなりましたなー。いいですねー」と、満面の笑顔。

私「はい、ほんとに。毎日気持ちがいいですねー」

森の入り口まで歩く。

海からの風が、ずいぶんぬるくなった。

山からの風はひんやり。

ウグイスが盛んに鳴いていた。

「ホ――ホ――　トテチテト」

ハンバーグ（人参のグラッセ添え）
フライドポテト

二羽くらいの声がするが、姿は見えず。

今日は、「あまから手帖」という関西の雑誌のインタビュー。

『ほんとだもん』をご紹介してくださるとのこと。

女性ばかりの取材チームが、十一時前にいらっしゃる予定。

なので、冷たいハーブティーを作ることにした。なんとなく、今日に似合うお茶。

さて、どうなることやら。

インタビューは三時前に終わった。

とっても感じのいい方たちだったので、私はすっかり安心し、たくさん喋った。

『どもるどだっく』と『たべたあい』の朗読もした。

とちゅうでお腹がグーと鳴ったので、お昼ごはんにぶっかけそうめん（焼きピーマン、みょうが、大葉、ねぎ）とお焼き（ワカメ、切り干し大根入り）を作り、みんなで食べ、もう一カットだけ写真を撮って、お開きとなった。

今夜は七時くらいに中野さんがいらっしゃる。

なんだかとても、ひさしぶり。

まだ、お知らせはできないのだけど、絵本のことでとても嬉しいことがあったので、今夜は小さくお祝い。

夜ごはんは、ハンバーグ（人参のグラッセ添え）、フライドポテト、白ワイン（ウィーンの）。

五月八日（月）晴れ

ぐっすり眠って八時に起きた。

よく晴れているけれど、靄がかかって海や街が白っぽい。

朝ごはんは、人参、レタス、トマトのサラダとトースト、紅茶。

きのうは中野さんをお見送りがてら、また遠足に出かけた。

新開地から神戸電鉄に乗り換え、「藍那《あいな》」という小さな駅で下り、里山に囲まれた小高い丘を上った。

線路の下をくぐったら、そこからは別世界。

民家の間の坂道をゆっくり上っていくと、そのうち山道になった。

ところどころにため池が隠れていたり、湧き水が斜面を流れ、苔を濡らしていたり。

切り立った斜面の土がでこぼことして、小さな仏像が数えきれないほど並んでいるように見えたり（たぶんそれは、山の土から染み出てくる湧き水の工作）。

そこをくぐりぬけたら、目の前に水田が広がった。

それは本当に、どこまでも平らかな広々とした水田だった。

山の緑が水面に映って、風がさわさわ吹くとさざ波立つ。

遠くの方でおじさんがひとり、田んぼの縁に泥を積み上げる作業をしている。

なんだかここは、中野さんの絵本『かかしのしきしゃ』にそっくり。

神戸とも、能古島とも違う。

これが兵庫の田舎の風景なのかな。

山のところどころには、野生の藤が咲いていた。

ぽっこりした山が、藤色の挿し色の入った若緑の綿入れ半纏《はんてん》を羽織っている。

小高い丘の上で、ぐるりと囲む山々や、ぽっかり口を開けた森の小道を眺めながらひと休み。

蛙の声と、鳥のさえずりと、虫が飛び交う音と、渡る風の音しかしない。

鹿が急に出てきても、おかしくないようなところ。

風に吹かれながら、葡萄味のウォッカソーダーを呑んだ。

私はずっと、こういうところに来てみたかった。

おとついは、中野さんと川沿いの道を歩いて「コーナン」に行き、ベニヤ板を四枚買った。

軽トラを借りてうちに運び、帰ってきてすぐに中野さんは作業をしていた。

ベニヤ板を切ったり、壁に穴を開けたり。

私も食器を整理したりして、絵本を棚に並べられるようにした。

夕方には、壁に板が貼られ、床にも敷き詰められた。

柱が出っぱっているところには切り込みを入れ、床が波打っている隙間にも板をはめ込み、ネジできっちり止めてある。

ここは、絵を描くところ。

できあがると中野さんはおちょこに日本酒を注ぎ、お供えをした。木を切ったから。

なんだか祭壇みたい。

私も隣で手を合わせた。

ベニヤ板にもちゃんと年輪がある。

ベニヤが木でできているのはもちろん知っていたけれど、でも、山にあるあの木とはつながっていなかった。

豚肉を料理していて、豚のことを思わないのと同じだ。

私はいままで何を見ていたんだろう。

これからここで、中野さんが絵を描くようになったら、私もきっと変わるだろうな。

筍ご飯
いり豆腐
ひじき入り切り干し大根煮（いつぞやの）

どんな絵と、どんな物語が生まれるだろう。

さて、「おまけレシピ」を仕上げてしまおう。

筍ご飯を炊こうと思って、今支度をしている。

バチバチミチミチという小さな音がする。

何の音？　と思って、確かめにいくくらいの大きさ。

こうしてパソコンに向かっていても、音が届く。

これは、お米が水を吸って膨らもうとしている音。

東京ではこういう音が聞こえなかった。

聞こえていたのだろうけれど、私の耳には届かなかった。

このアパートが静かだからなのか、私の耳がよくなったからなのかは分からない。

今日はよく働いた。

まず、日記を仕上げてスイセイに送り、イタリアの絵本の帯文をお送りし、戸田さんに仮のレシピなどお送りし、「おまけレシピ」の仕上げをして、アノニマの村上さんにお送りした。

あとは夕方までお裁縫。テーブルクロスの裾かがりなど。

外で子どもらが遊んでいる声を聞きながらやった。

夜ごはんは、筍ご飯（中野さんのお母さんが、近所の方にもらった筍をゆでてくださった。それをだしで煮て、食べ、残ったもので炊き込みご飯にした）、いり豆腐、ひじき入り切り干し大根煮（いつぞやの。ようやく食べ切った）、蕪の煮びたし。

五月九日（火）
雨のち曇り

雨。

とても静かな雨。

こういう日も、たまにはいい。

朝起きてすぐに、テーブルクロスをかがる続きをやった。

あとは、滞っていたメールの返事を書いたり、「暮しの手帖」の記事の校正をしたり、次号の「気ぬけごはん」のメニュー案を出して、お送りしたり。

なんだか今日は、時間がゆっくり。

夜、寝る前に色鉛筆を削った。

ぜんぶやり終わってもまだ足りなくて、普通の鉛筆も削った。

夜ごはんは、筍ご飯のおにぎり（海苔を巻いた）、プレスハム炒め、ピーマン炒め、サンラータン風春雨スープ

筍ご飯のおにぎり
プレスハム炒め
サンラータン風春雨スープ

ンラータン風春雨スープ（きのう作った、春雨とトマトとレタスのピリ辛炒めで）。

五月十日（水）
曇りのち晴れ、のち雨

風もなく、とても静かな朝。

空も海も白いのだけど、海のいちばん遠くのひとスジだけが水色。

ゆうべ寝る前に読んだ『むぎばたけ』というイギリスの絵本が、とってもよかった。ハリネズミと、ノウサギのジャックじいさんと、カワネズミが連れ立って「ムギののびるとこを見に」、夜の草むらの小道をたどる。

麦畑に着いたときの場面は、この間、藍那の丘で水田が見えてきたときとまるで同じだった。私たちも、そのとき足をとめた。


こだかい丘にゆきついて、みんなは足をとめました。

目のまえに、かがやくコムギばたけがひろがっています。なにかこう、見えない手になでられてでもいるように、それはかすかにそよいでいました。夜のしずけさをついて、そのおびただしいムギの穂の、さやさやというううつくしい音楽が、こちらにまでつたわってきました。


矢川澄子さんが訳をしている。

日本語がとてもきれいで、全体的には静かなのだけど、ところどころで小魚がピチピチしているみたいに、ちょっと懐かしいような活きのいい言葉が出てくる。

矢川さんの本は、他にもそういう絵本がたくさんある。

矢川さんは「クウクウ」によく来ていた。

私は生きている矢川さんに会って、どこがどんなふうによかったのか、きちんと言葉にして伝えたかったな。

でもきっと、私がこれからやればいいんだ。

矢川さんから「あら、なかなかいいわねぇ」と、あの高く震える弦楽器みたいな声で言ってもらえるような、お話を書けばいいんだ。

朝いちばんで、島崎さんから電話があり、「暮しの手帖」のレシピまわりの最終校正をお伝えした。

今日は、一時から絵本のイベントの打ち合わせ。

元町の「ギャラリーVie」へ。

阪急電車で三宮に行ってそこから歩くか、六甲道まで歩いていって、ＪＲに乗って元町で下りるか、迷っている。

では、行ってきます。

五月十三日（土）雨

静かな雨。

今朝は五時半に起きた。

コーヒーをいれ、この間の吃音についてのインタビュー原稿を校正していた。

ずーっとやっていた。

伊藤さんの原稿は、あの日にお喋りしたことがそのまま息づいていて、とてもおもしろいのだけど、細かなニュアンスを直したり、私が言い足りなかったところを加えていくのが楽しくて。

吃りのことや、自分の内側の感覚のことになると、言いたいことがたくさん出てきてしまう。

病気の症状を、こと細かに伝えている感じでもある。

私にとっては普通のことだし、自分では問題を感じていないのだけど、人とは違う変なところを、こんなふうに伝えられる場をいただけてたいへんありがたい。

ひと段落して、お裁縫。

今私は、レースのカーテンの端布をつないで、寝室の間仕切りカーテンを縫っている。白や生成りのレースや、刺繍された薄い布、この間、中野さんが連れていってくれた、西宮北口にあるドイツのアンティーク布を売っているお店で買った布も切って、つなげた。

パッチワークというより……韓国のポジャギというのにも似ている。

縫い目は揃っていないし、まったくの自己流だからおかしな接ぎ方をしているかもしれないけれど、ちくちくと縫い進めていくのはとても楽しい。

心も落ち着く。

夜ごはんは、ワカメと水菜と卵のスープ(とろろ昆布を加えたら、とてもおいしかった)だけ。お昼にツナサンドをしっかりめに食べたので。

五月十五日(月)晴れ

いいお天気。

さわさわと、海からの風が渡る。

海も今朝は真っ青だ。

キムチ入り焼きそば
（ポールウインナー、キャベツ）

ゆうべ、中野さんから送られてきた絵がとても愛らしく、見ているうちにお話がわいてきた。

夜ごはんを食べ終わって書きはじめ、寝る前までパソコンに向かっていた。

遊んでいるみたいに書いていた。

おかげで、ゆうべはその女の子が夢に出てきた。

ブランコに乗っていた。

色白で、ちっちゃくて、やわらくて、可愛いからみんなその子のことを大好きなんだって。でも、なかなかに手強い女の子。

また別の夢で、私はバナナとパンが食べたいなと思っていた。

焼いていない厚切りの食パンで、くるんとバナナを巻いたのを。

よし、今日はパン屋さんに寄ってから「コープさん」にバナナを買いにいこう、と思いながら目が覚めた。

お話の続きをやりたいのだけど、「気ぬけごはん」を書かないと。

二階にパソコンを持っていってやったら、ぐっと集中できた。

三時にはだいたい書き上がった。

四時前に「コープさん」、パン屋さん、クリーニング屋さんへ。

夜ごはんは、キムチ入り焼きそば（ポールウインナー、キャベツ）。

ゆうべは寝る前に、いつもみたいに電気を消して外を見ていたら、猫山と呼んでいるこんもりとした木々の葉っぱの隙間から夜景のチカチカがのぞいて、クリスマスツリーのようだった。

五月十六日（火）曇り

ぼんやりした曇り空だけど、なんとなしに明るいのでシーツを洗濯し、さっき屋上に干してきた。

きのうも布団カバーを干した。

冬の間は、洗濯物は二階の陽の当たるところで干していたけど、なんとなく屋上に干したくなる季節なのだ。

だから屋上に上るたびに私は伸びをしたり、首をまわしたり、書き物や縫い物で固まった体をほぐしている。

山は今、緑が新鮮で明るく、もりもりしている。

朝のラジオで、今にぴったりな童謡がかかっていた。

「わかば」という歌。

マッシュポテトとサーモンのグラタン
サラダ
（トマト、胡瓜、玉ねぎドレッシング）

♪あざやかな　緑よ　あかるい　緑よ
鳥居をつつみ　わら屋をかくし
かおる　かおる　若葉が　かおる
さわやかな　緑よ　ゆたかな　緑よ
田畑をうずめ　野山をおおい
そよぐ　そよぐ　若葉が　そよぐ

お昼前には「気ぬけごはん」が仕上がり、お送りした。

さて、お裁縫の続きをやったら、今日こそは「たべもの作文」にとりかかろう。

けっきょく「たべもの作文」は、はじまりの一行だけ。

夜ごはんの支度をしながら、『帰ってきた日々ごはん③』の「あとがき」で書きたいことが上ってきたので、書きはじめる。

夜ごはんは、マッシュポテトとサーモンのグラタン、サラダ（トマト、胡瓜、玉ねぎドレッシング）、ビール。

夕焼けがきれいだったので、窓辺で食べた。

水色にほんのり紫がかった茜色がにじんでいる。

グラタンを食べるのにお皿に目を落とし、口に入れようと顔を上げると、もう空の色が変わっている。

そういえば吉祥寺の家は、よくハッとするような夕焼けで部屋中が紅く染まっていたことがあったっけ。

ここは夕焼けはあまり見えない。

山があるから。

五月十八日（木）快晴

きれいに晴れている。

海も真っ青。

八時くらいにゴミを出しにいって、あんまり空気がすがすがしいので森の入り口まで歩いた。

山の緑の間に、真っ青な空が広がっている。

小鳥も澄んだ声で鳴いている。

そしたら、とても素敵なおじいさんに会った。

おじいさんは自分が出したゴミを、じっと見ていた。

落ち葉がぎっしり詰まった袋と、もうひとつ。

ていねいに詰められ、置いてある配置もきちんと美しい。

感じがよさそうなおじいさんだったので、「今朝はいいお天気ですね」と私から声をかけたら、「ほんとうに。空が素晴らしい青です」と、ゆっくりおっしゃった。

色白の品のあるおじいさん。きっと、塀から黄色い小さなバラが垂れ下がっている、レンガ造りの立派な家のおじいさんだ。

毎朝決まった時間に起きて、朝ごはんを食べ、庭を掃除して出たゴミをきちんとまとめて出す。

ゴミ収集の人も、近所の人も、気持ちがいいように置く。

家族と毎日暮らしているだけで、生きていく愉しみが充分にある。そういう感じのするおじいさんだった。

神戸は素敵なおじいさんが多い気がする。

坂道でよく会うおじいさんも、気になっている。なんとなく笠智衆に似た感じの人。

去年の今ごろにも咲いていた青紫色の花は、ツルニチニチソウという名前だった。

その花を摘んで、坂を下りてきたら、西の空に白い月が残っていた。

左の上半分が丸い半月だった。

牛肉とピーマンの春雨炒め（いつぞやの）
スープ餃子（冷凍しておいたもの）

さて、今日こそは「たべもの作文」を書こう。

「き（金山寺みそ）」がひとつだけ書けたので、お送りした。

チキンのトマト煮を作りながら。

六時半までまた、ちくちくお裁縫。

夜ごはんは『ムーミン』を見ながら食べた。

牛肉とピーマンの春雨炒め（いつぞやのを炒め直した）、スープ餃子（冷凍しておいたもの。豆腐を入れてみた）、小松菜とさつま揚げの煮びたし、ご飯。

川原さんから届いたメールでハッと気がついた。

今日はここに越してきて、ちょうど一年目の記念日なのだった。

今日が五月十八日だというのは、日めくりカレンダー（ムーミンの）で分かっていたのだけど、なんとなく、明日なのかと思っていた。

その心の状況を詳しく言うと、今日は十八日だけど、越してきた十八日は明日なのかと思っていた。

自分でも意味が分からない。

明日は、「ｎｏｗａｋｉ」の筒井君とミニちゃんの結婚パーティーが、とても愉しみ。

十一時ごろ、八幡さまで中野さんと待ち合わせをして、京都に行く予定。

五月二十一日（日）快晴

結婚パーティーは、とってもいい会だった。

会場は川沿いにある古い洋館の中華飯店。

大きな窓からは、鴨川沿いの新緑や、流れる水のきらめきや、トンビが羽を広げて空を渡っていくのが見えた。

牧野さんが私の左隣に座って、中野さんは右にいらした。

牧野さんの懐かしい声や、喋り方や、息継ぎの感じ。「くくく」という笑い方や、大きな体に似合わない子どもみたいな機敏な動き。

向こうの方にはコージ君や、荒井さんや、ささめやさんや、「クウクウ」によくいらっしゃっていたみなさんが、楽しそうにテーブルを囲んでいるのが見えた。

小野さんも、土井さんも、佐川さんも、加奈子ちゃんも、最近知り合ったハダ君も向こうに見えた。櫻井さん（佼成出版社の絵本編集者）も見えた。

ひとつ前の席には、休ミちゃんや、ミロコさん、きくちちきさん。

他にも若手の絵本作家の人たち、うずらさんの夫婦（靴を作ってらっしゃる）もいて。

いったい自分が吉祥寺にいるのか、いつの時代にいるのかよく分からないような、ふわふわした感じがずっとしていた。

夕方の五時からはじまったのだけど、いつまでもいつまでも日が暮れなくて、会が終わるまでずっと明るかった。

筒井君もミニちゃんも、晴れやかで、嬉しそうで、なんだかとても可愛らしかった。

みんなみんな、誰もがとても可愛らしかった。

ああ、なんだかとてもじゃないけれど、日記になんて書けないや。

その次の日は、中野さんと甲東園の「manon」というお店に行った（閉まっていた）。

あと、前にも行った西宮北口のドイツの布屋さんと、イギリスのアンティークの家具屋さんにも行った。

台所の流しの脇に作りつけた、小さな物置き場（テーブルにもなりそうな板）に敷き詰めるタイルのようなものを探しに。

夏みたいに暑く、日陰で休みながら、日傘を差してよく歩いた。

けっきょくタイルはみつからなかった。

それできのうは、川沿いの道を歩いた。

川の底によさそうなタイルの欠片をみつけると、手を突っ込んで拾っては歩き、拾っては歩いて、海まで行った。

大根の塩もみとトマトのサラダ
フライ（ゆうべの残り）
鶏皮どんぶり（中野さん作）

川の先に海があるのは、窓からいつも見ているから知っていたけれど、私はずっと、自分の目で確かめてみたかった。

海に突き出した、ささやかな埠頭の端に立った。

黒い大きな魚が、口を開けたままゆらゆらしていた。

そのあと「コーナン」に寄って、タイルを貼り付ける接着剤を買い、屋上で缶コーヒーを飲んだ。

帰りの大通りをてくてく歩いていたら、とても感じのいいチーズ屋さんをみつけた。

壁の冷蔵庫いっぱいに、いろんな国のいろいろなチーズが並んでいた。

イタリアの生ハムも、いろいろな種類があった。

そして、ずっと探していた素焼きのタイル（少しだけ古め）をみつけた。イタリアの物だろうか。

フランスのディジョン・マスタード（赤いふたの大きなビン）と、オランダのゴーダチーズ、タイルは大きいのを一枚と小さいのを一枚だけ（川で拾った欠片を使いたいので）買った。

夜ごはんは、大根の塩もみとトマトのサラダ（玉ねぎドレッシング）、ソーセージ（軽くゆでて焼き皿にのせ、オーブンでパリッと焼いてみた。ディジョン・マスタードをたっぷり塗って食べた)、フライ(ゆうべの残りを焼き皿にのせ、オーブンで温め直した。海老、玉ねぎ、長芋、ミニコロッケ)、鶏皮どんぶり(中野さん作。フライパンでジリジリと脂を抜きながら焼いて、甘じょっぱいタレでからめた。粉山椒)、ビール。

おとつい、きのう、今日と、太陽の下をよく歩いたな。

何をしても楽しく、何を食べても、何を呑んでもおいしかった。

私は遊びくたびれ、ごはんを食べてお風呂に入り、すぐに寝た。

五月二十二日(月)晴れ

風が心地いい。

秋のように涼しい風が吹いている。

たっぷり眠って、夢もいろいろなのをみて九時に起きた。

朝から四冊目の絵本のことをやる。

しばらくぶりにテキストを読み返し、俯瞰して眺め、いちど壊して、また組み立て直した。

それをダミー本に切り貼り。

この三日間、とてもよく遊んだので、自然にすーっと仕事がしたくなる。

外で思い切り遊んだことが、絵本作りのどこかに表れてくるかもしれない。

五月二十四日（水）
曇り時々小雨

朝起きてパジャマのまま、寝ぼけまなこでパンを練った。

食パンを切らしていたので、ゆうべは寝ながら、パンを焼こうとずっと思っていた。

水のかわりに牛乳で、なたね油も少しだけ混ぜてみた。

半分はプレーン、半分はレーズンとシナモンを混ぜた。

曇っているし、なんとなく肌寒いので、バスタオルに包んでベッドの中で発酵させた。

なかなかいい具合。

柱時計が十一回鳴ったのと同時に、焼き上がった。

皮はパリッと、中はふんわり、とてもおいしいのが焼けた。

そのあとはお裁縫の続き。

朝からずっと草刈り機の音がしていて、十時にいちど静かになり（お茶を飲んで休憩していたのかな）、またはじまった。

青い草の匂い。

ニラのような匂いも混じっている。

とてもすがすがしいので、鼻から息を吸い込みながら、窓辺に腰掛け、ちくちく。

とちゅうで雨が降り出した。

霧のような雨。

何もかも雨音に包まれてゆくような時間。

伊藤亜紗さんから、サイトに構成されたインタビューページが届いた。

あの日のお昼ごはんのちらし寿司と、野ぶきの煮たの、蕪の塩もみサラダの写真が扉に載っている。

伊藤さんはこのちらし寿司が出てきたとき、野山のようでハッとしたのだそう。

嬉しいな。

記事を読み進めながら、自分でも長い間ずっと謎だったことがつながったような気がした。

よく、「料理と文筆は違いますか?」「共通点は何ですか?」とか、「絵本と料理はどう違いますか?」とか、取材をお受けするたびに聞かれる。

これまで私は、そういう質問にちゃんと答えられなかったのだけど、そういうことも分かった。

伊藤さんに質問をされながら、できるだけ正確にひとつひとつ答えていったら、おのずとそっちに運ばれていった。

それはまるで砂遊びのよう。

砂で山を作ったり、川が流れるスジ道を掘ったり。

延々と川を掘り進めてゆくうちに、そこを流れていた水が、いきなりひろびろとした海に出たような感じ。

海にはすでに料理も、文章も、絵本も、吃音も、子どものころには苦手だった言葉も棲んでいた。

伊藤さんがスジ道を作ってくださったように思う。

サイトを見ると、義足のダンサーや全盲のシンガーソングライターなど、他の人たちのインタビューも載っていて、興味津々だ。

今回は私も、ハンディキャップのある人たちのひとりとして取材されたのが、おもしろいなと思う。

なんか、特殊能力について、細かく取材されたみたいな感じ。

三時ごろ、たまらなくお腹がすいて、ずーっと置きっぱなしにしてあったカップヌードルを食べた。

牛肉と玉ねぎと小松菜の
オイスターソース炒め
卵焼き

引っ越した当初に買ったものだから、賞味期限が過ぎていたかもしれないし、味も濃く感じるのだけど、なんだかとてもおいしかった。

「たべもの作文」で何を書こうか考えながら、夕方までお裁縫の続き。

ちくちくちくちく。

夜ごはんは、牛肉と玉ねぎと小松菜のオイスターソース炒め、卵焼き（餃子の具の残りを入れた）、ご飯。

五月二十六日（金）晴れ

夕方の四時から絵本の打ち合わせ。

東京から、編集者さんがいらっしゃった。

中野さんはひと足先に、描かれた絵などを持って、二時前くらいにいらっしゃった。

新しいダミー本（私が直したテキストを切り貼りしたもの）と絵が揃い、おかげでとてもいい打ち合わせができた。

打ち合わせが終わって、カウンター（壁に打ちつけたベニヤ板の残りで、中野さんがこしらえた）とタイルの物置き場をテーブルにして、台所でささやかに立ち呑み会。

私も呑みながら、作りながら、カウンターにお出しした料理は……らっきょう（中野さ

じゃが芋のお焼き（クリームチーズ、ディル）
ちらし寿司

んのお母さん作）、焼き茄子の白和え、焼きソーセージ（ディジョン・マスタード）、サラミソーセージ（近所でみつけた手作りハム屋さんの）、じゃが芋のお焼き（クリームチーズ、ディル）、サラダ（大根、人参、胡瓜、玉ねぎドレッシング）、ちらし寿司（ハモの照り焼き、サーモンのヅケ、じゃこ、いりごま、そら豆、いり卵、みょうがの梅和え、大葉）。

編集者さんは大阪に宿をとっているそうで、八時にタクシーで帰られた。

五月二十七日（土）晴れ

ゆうべか明け方か、雨が降ったのかな。

朝起きたら地面が濡れていた。

中野さんはゆうべ、夜中に何度か吐いたのだそう。

お腹も下しているのだそう。

中野さんの家族は、このところずっと調子が悪かった。

順番にうつって、みな吐いたりお腹を壊したりしていたのだけど、ひとりだけずっと元気だったのだそう。

中野さんは今、二階で横になっている。

何か口に入れると吐いてしまうので、加計呂麻島（最近、中野さんのお友だちが移住した）の黒砂糖とおろし生姜を混ぜたハーブティーを作った。

ウズベキスタンのダルバン村で、川原さんがお腹を壊したときに、民宿のおばあちゃんが作ってくれたお茶を真似してみた。


私は下で仕事。

とても静か。

今日は、ことのほか涼やかないい風が渡る。

雨で洗われたような空気。


さて、これから高知の「牧野植物園」の岡林さんという方が、打ち合わせにいらっしゃる。

こんど十月に、牧野植物園でイベントをする。

詳しいことは、また近くなったらお知らせいたします。

岡林さんは、小夏とトマトケチャップとミレービスケットをお土産に、高知の風を運んできてくださった。

電話では何度か打ち合わせをしていたのだけど、やっぱりお会いできて、私はとてもほっとした。

お粥さん
梅干し
そうめん汁

打ち合わせは二時間ほどで終わった。

何のおかまいもできなかったので、帰り際、屋上へ案内した。

飲まず食わずで静かに眠っていた中野さんが、夕方五時くらいに下りてきて、やっと、「お粥さんと、そうめん汁が食べたいです」とおっしゃった。

夜ごはんは、お粥さん、梅干し、そうめん汁。

五月二十八日（日）快晴

七時半に起きた。

海も青く、よく晴れている。

風が涼しい。

中野さんのお腹は、ずいぶん回復したみたい。

きのう一日、本当にゆっくりできて、病院で寝ているようだったそう。

よかった。

十時くらいにお粥さん（ゆうべの残り）を食べ、六甲駅までお見送り。

その前に、八幡さまでちょいと休憩。

ソフトクリーム（私）、ピーチ・ネクター（中野さん）。

「ギャラリーVie」のDMを届けがてら、「MORIS」をのぞきにいったら、ヒロミさんがひとりで店番をしてらした。

手縫いのギャザースカートの作り方を、図を書いたり、紙を布に見立てて折りたたんだりしながら、分かりやすく教えてくださる。

白のミシン糸もいただいてしまった。

私は今、お裁縫が楽しいので、白と黒のギンガムチェックの布（今日子ちゃんとヒロミさんが、元町の生地屋さんのバーゲンで買っておいてくれた）で、夏のスカートをちくちく縫おうと思う。

帰り際にヒロミさんは、「なおみさん、糸は二本取りにしてくださいね。一本取りだと、脇が裂けそうで心配です」とおっしゃった。

私「はい、分かりました」

大切なことを教わった。

来週はいよいよ料理の撮影があるので、「いかりスーパー」と「コープさん」で早めに買っておけるものだけ仕入れした。

「コープさん」では、重たいものを配達してもらえるよう手続きをし、坂を上って帰ってきた。

お粥さん（お昼の残り）
茄子と小松菜の甘辛味噌炒め
そうめん汁（ゆうべの残り）

とちゅうの公園で飲んだ水の、おいしかったこと。

帰ってきて、こうして日記を書いている。

もう六時半なのだけど、まだまだ海が青い。

空も青く、建物に西陽が当たって光っている。

きのうもおとついもそうだったけど、このごろはサマータイムのように日が長いのだ。

夜ごはんは、お粥さん（お昼の残りに水を加えてのばした）、茄子と小松菜の甘辛味噌炒め、大根の塩もみ（大葉）、そうめん汁（ゆうべの残り）。

『ムーミン』を見ながら食べた。

五月二十九日（月）晴れ

ぐっすり眠って八時に起きた。

明け方、ちょっといやな感じのする夢をみたので、カーテンを開けてしばらく太陽を浴びた。

ひさしぶりにシーツやバスタオルやら洗濯し、屋上に干してきた。

山はさらにまた、緑が豊かになった。

今日は夕方から、マメちゃんが遊びにくる。

マメちゃんも「やること」をしてから来るというから、私もそうしよう。

きのう箇条書きにしておいた「やること」を、ひとつひとつ。

お天気が気持ちよくて、よかったな。

試作もかねて、混ぜご飯など作る予定。

きのう買っておいたわらび餅もいただこう。

マメちゃんは、約束していた四時きっかりに来た。

つまみはまず、ひたし豆（「秘伝豆」のだし醤油びたし。マメちゃんは「秘伝豆」というその名前にウケたらしく、二度のけぞって、くっくっと笑っていた）、じゃが芋のお焼き（冷凍しておいたのを焼いた）、焼き茄子とオクラのだし汁びたし、柿ピー、混ぜご飯（そぼろ、大葉、秘伝豆、キムチ）、はんぺんと小松菜のすまし汁。

マメちゃんはビールをぐんぐん呑む。

私の四倍くらいの早さ。

最近はサッポロ黒ラベルにはまっているらしく、お土産に買ってきてくれた。

あと、宮崎のおいしそうな芋焼酎（いただきものだそう）も。

プリッツ（トマト味）、ソースカツ、「スペース草」の陽子さんが、マメちゃんの個展の最終日に焼いたというふわっふわの抹茶のシフォンケーキ（小豆入り）と、おつまみの残りのチーズも。

頼んだわけではないのに、スケッチ帖もたくさん持ってきて見せてくれた。

やっぱり、マメちゃんの絵はすごかった。

どうしても描きたくて描いてしまっている、という感じのする線。

いきいきしているし、絵の端に添えてあるひとりごとみたいなのも、マメちゃんからしか出てこないような言葉だから、つい「ぷっ！」と笑ってしまう。

じつはマメちゃんに、『帰ってきた日々ごはん③』の絵をお願いしている。

でも、打ち合わせをしましょうとか、そういうお願いはしていない。

『帰ってきた日々ごはん』の絵については、基本的にアート・ディレクターのスイセイにお任せしてるから、私は遠くで眺めていようと思っているし。

だって、私たちのメールのやりとりはこんな感じ。

マメ「なおみさん　こんにちは　月曜日、どっか呑みにいきませんか？」

私「いいですね。ちょっと、考えまーす」

それから何日かして……

私「月曜日、よければうちに来ませんか？　マメちゃんのいい時間を教えてください」

絵を見せてもらってからは、屋上に上って、ずいぶん長いことビールを呑んだり話したりしていた。

マメちゃんとは、何を喋ってもおもしろい。

蒼かった空が暗くなり、夜景が光り、八時くらいになって、私は急に眠たくなってきた。

さっきまで「泊まっていいよ」と言っていたのだけど、マメちゃんから明日の予定（うちを出て、そのままいろんなところへ行って、いろんな人に会うようだった）を聞いた私は、（なああな感じで、惰性みたいにうちに泊まるのかな……）というふうに感じてしまった。

「やっぱり、そういうのよくないよ。私たちの関係は、けじめが大切だと思う」と私が言い、「じゃあ、帰ります」ということになった。

マメちゃんはそそくさと荷物をまとめ、私も坂の上まで一緒に歩いてお見送り。

でも急に、このままひとりで歩いて帰るマメちゃんのことが心配になり、気の毒にもなって、「やっぱり泊まる？」「はいっ、泊めてください」ということになり、ふたりでクルッとUターンした。

その展開の早かったこと。

なんか、つき合いはじめの恋人どうしみたいだったな。

マメちゃんも、「明日は、朝早く帰ります」なんて言っていた。

先にお風呂に入った私は、バタッと寝てしまう。

マメちゃんはしばらく起きていたみたい。

わらび餅を食べるのを忘れた。

五月三十日（火）晴れ

きのうは楽しかった。

マメちゃんは、やっぱりおもしろい子だった。

景色の説明、たとえば波の感じとか、空の感じを説明する手つきが独特だった。

食べ物の説明をするときも、その見え方の感じを、手と指で説明していた。

そこにいて何かを感じると、つい絵を描きたくなってしまうらしい。

屋上へ上ったときにも、「あっ、ノート忘れた」とつぶやいていた。

「取りに下りたら？」と私が言うと、しばらく沈黙があってから、「や、いいんです。さっきもトイレに下りたのに、二回とも持って上がってこなかったってことは、そういうことなんで。描くなってことなんで」。

海の絵を描きに、「塩屋」という駅にひとりで行ったときにも、「歩いているうちに潮の匂いがしてきて、楽しくなってきました」。

そうすると絵を描きたくなるらしい。

「海は青かったんですけど、水平線のいちばん端のところだけが、こういうふうに（手と指で表していた）、黄色くなっていたんです」

今朝は七時前に起きた。

マメちゃんはもうとっくに起きていたみたい。

布団が上げてあって、どこにも姿がない。

玄関の開く音がしたので下りると、あちこち散歩に行っていたのだそう。

山の入り口のあたりまで行ったらしい。

朝起きてすぐ、私はお腹を下した。

食べたものが全部出てしまった。

マメちゃんが帰ってからは、腹巻きをして、しばらく眠った。

元気になってきたので仕事した。

『帰ってきた日々ごはん③』の最終校正の確認をしながら、「あとがき」も書き直した。

夕方、スイセイから電話があり、アルバムの相談を受けているうちに、なんだか熱っぽくなってきた。

電話を切ったら体が怠く、腰も痛い。

熱を測ると三十七度五分（私の平熱は三十五度台）。

パジャマに着替え、ひたすら眠る。

湯冷ましと、高知のお土産の小夏がとってもおいしい。

嘔吐はないけれど、お腹の下し方が中野さんの症状と似ているみたい。

夜ごはんはなし。

五月三十一日（水）晴れ

朝起きてもまだ下している。

何も食べていないので、水みたいなのしか出ないけれど。

トイレから戻るとき、目眩と吐き気がし、階段にうずくまってしまう。

いろんな匂いが鼻につく。

こんなんで私は、日曜日の撮影ができるんだろうか。

いったい料理が作れるんだろうか。

何もなかったら、薬も飲まずにゆっくり寝て治すのだけど、やっぱり今日子ちゃんに教わった消化器系の病院に行くことにした。

身支度をし、十時に出た。

エレベーターを下り、玄関に向かうまでの間、建物に染み込んだいろんな匂いがとても強く感じられた。

このアパートは昔の映画館みたいな、古い電車の中みたいな、機械油の匂いがするのだな。けっこう強烈。

でも、悪い匂いではない。

懐かしいような匂い。

とちゅうでタクシーをみつけたら乗ろうかと思っていたのだけど、大丈夫そうだったので、ゆらゆらとゆっくり坂を下り、歩いていった。

胃や腸の検査の患者さんがけっこういて、二時間くらい待ったけれど、その間にのんびりと撮影のレシピの下ごしらえをしたり、図書館で借りた『グレイ・ラビットのおはなし』を読んだりしていた。

今日子ちゃんの言う通り、そこはとてもいいお医者さんだった。

先生も、看護婦さんも。

私の記憶違いでなければ、先生は診察をしながら、こんなふうに説明してくださった。

「お腹を押して左が痛かったら（腸が炎症を起こしている部分）、食物系の細菌感染。右だったら、別の感染。吐き気がするのは、腸の炎症を治そうとして胃酸が出ているから。

熱があったのは、脱水症状を起こしていたからではないか」とのこと。

私のは右で、お腹からくる細菌性の風邪だろうと言われた。

「僕が特別に調合した四種類の粉薬を出します。これを五日間飲み続ければ、必ず治ります」と、太鼓判を押された。

早く薬を飲みたかったので、図書館に行く前にうどん屋さんに入って、梅干しととろろ昆布のおうどんを食べた。

よくかんでゆっくり食べた。

とてもおいしかったのだけど、すべての味が濃く感じた。

舌触りも、ずいぶんでこぼこに感じる。

入っているのはとろろ昆布や、つるっとしたコシのあるおうどんなのに。

ねぎなど口に刺さりそう。

図書館で童話を一冊借り、六甲道の「コープさん」で少しだけ買い物をして帰ってきた。

本を読みながら、薬を飲んで寝る。

『チム・ラビットのぼうけん』。

なんだか私の寝室は、病室みたい。

いろんなものが白くて。

ひたし豆（秘伝豆）
お粥さん
梅干し

窓からも、白い光が入ってきていて。

窓には鉄の柵があるし……。

とてもよく眠れる。

目が覚めるたびに、よくなってきている感じがする。

五時くらいに、早めに夜ごはん。

ひたし豆（秘伝豆）、お粥さん、梅干し。

梅干しだけのお粥を、中野さんはこの間、「おいしい」「おいしい」と何度もおっしゃっていた。

私が「卵を入れる？」と聞いても、もろみ味噌をすすめても、断じて梅干しだけだった。

その気持ちがよく分かった。

まじりけのない、白いおいしさ。

お米も、おねばも、微妙なおいしさが集まって層になっている。

そこに梅干しや赤じその香り、酸味が加わると、また何重にも深まる。

梅干しをほんのちょっとにするか、大きめにちぎったのを口に入れるのかでも違う。

種のまわりの果肉もまた違った味がするし、種を吸うと、中から酸っぱくて香りのある汁が出てくるので、よくしゃぶってから、茶わんにコロンと出した。

そういえば子どものころ、私はこの汁が大好きだった。

汁を吸ってから種を割って、中にしまわれている小さな仁を取り出し、大切に食べていた。

形が仏像に似ていて、たしか「天神さん」と呼んでいた。

薬を飲み、小夏をむいて食べ、お風呂に浸かって早めにベッドへ。

時計を見ると五時半を過ぎたばかり。

空も海も、まだ水色だ。

＊5月のおまけレシピ

春雨とトマトとレタスのピリ辛炒め

豚バラ薄切り肉60ｇ　春雨40ｇ　にんにく1片　トマト１個
レタス２～３枚　その他調味料（２人分）

春雨はひとり暮らしには便利な乾物。ひき肉と甘辛く炒めたり、肉豆腐に加えたり、スープにしたりと突然食べたくなることがあるので、だいたい常備しています。春雨は硬めにもどしておいて、おいしい煮汁をたっぷり吸わせていくのが私は好き。日記の中では昼食にこしらえた「春雨とトマトとレタスのピリ辛炒め」の残りを水でのばし、トリガラスープの素と塩で味をととのえて「サンラータン風春雨スープ」にしています。スープの方は、仕上げにほんの少しの酢と、ごま油かラー油を落としてどうぞ。


春雨はぬるま湯に５分ほど浸け、硬めにもどしておきます。豚肉は５cm長さに、トマトはへたを切り落としくし形切りに、にんにくはみじん切りにします。

器にオイスターソース大さじ½、醤油小さじ２、きび砂糖小さじ１、トリガラスープの素小さじ１、水１カップをよく混ぜ合わせておきます。

フライパンにごま油大さじ１とにんにくを入れ、強火にかけて炒めます。

香りが立ったら豚肉を加えて炒め合わせ、色が変わってきたら塩、胡椒を軽くふり、豆板醤小さじ１を加えて炒りつけます。

はねるので一度火を止め、合わせ調味料の入ったスープを加えて強火にします。

煮立ったら春雨を加え、汁を吸わせながらふつふつと炒め合わせていきます。汁気が８割方なくなったらトマトを加えて軽く炒め合わせ、トマトの角が取れたら、大きめにちぎったレタスを加えて強火で煽《あお》り、完成です。トマトは赤く熟れたものを使ってください。

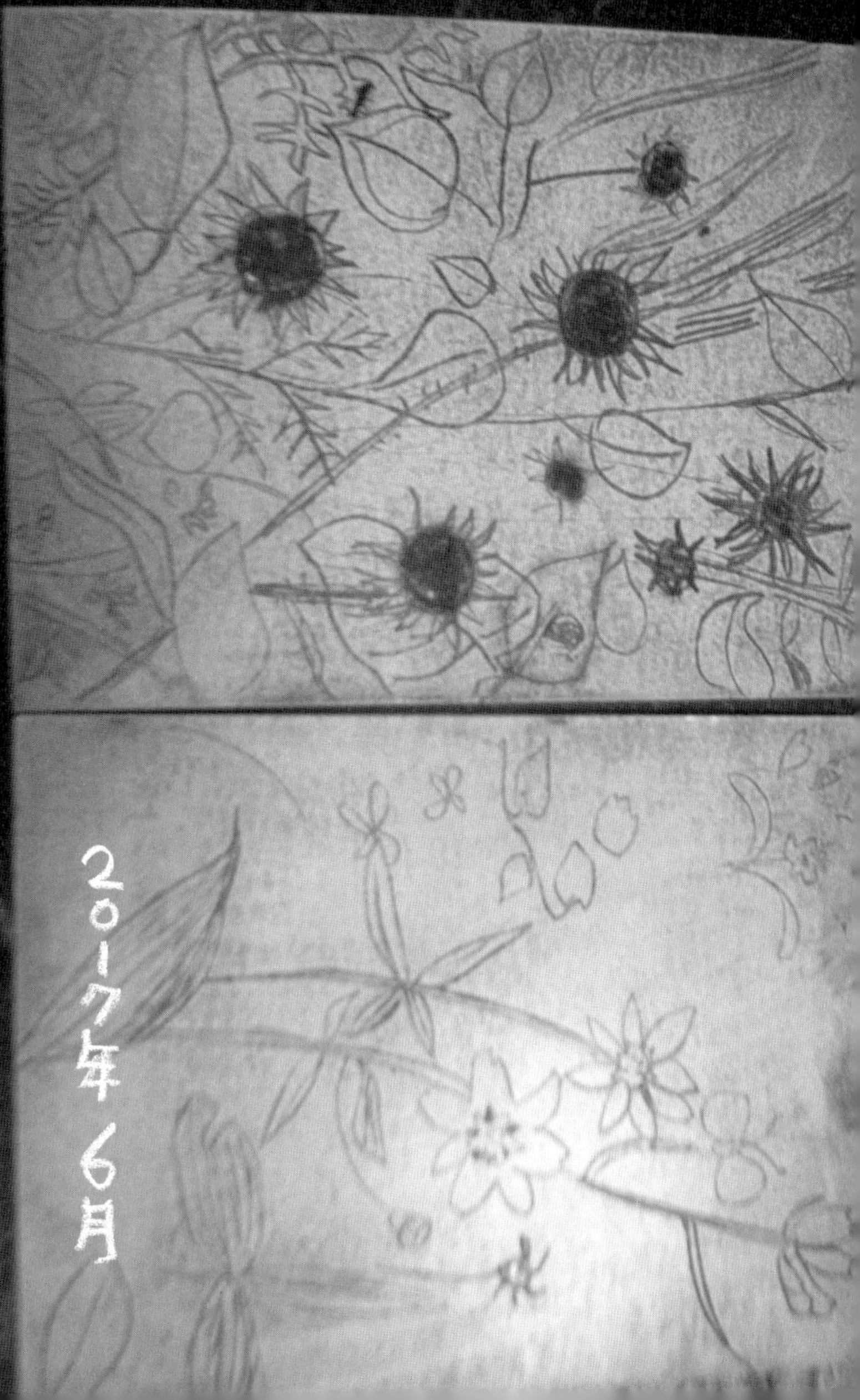

しめしめしみしみと、しめやかな雨。

六月一日（木）

晴れのち曇り、夜になって嵐

ゆうべは雨が降っていた。

地に、海に、大気に沁み入るような雨。

しみしみしみしと音がしていた。

窓を開け、その音を体に入れながら寝た。

このところ、朝起きるといつも道路が濡れていたから、もしかするとこんなふうに夜や明け方に降っていた日が、多かったのかもしれない。

ゆうべはほとんど眠れなかったので（昼間に寝過ぎたせい）、はじめてそれを確かめることができた。

お腹はまだ本調子ではないけれど、体の芯が堅くなってきた感じがする。

気持ちもずいぶん前を向いている。

下すのは収まったけど、そのあとはまったく出ていない。

形のあるうんちが出るようになったら、完璧だ。

きのうの昼間、中野さんから「さっき羽化しました」と、写真つきのメールが届いた。

虫かごの中には、黄緑色の幼虫やキャベツの葉、上の方に黄色いアゲハ蝶がいた。

ユウトク君が育てていた幼虫が、サナギになったところまでは聞いていたけれど、ついに羽化したのだ。

病気の治りかけって、なんだか脱皮に似ているかもしれない。

完璧に治ったら、羽化だ。

今朝は六時前に起きた。

ゆうべのうちに、絵本のためのすごい絵が中野さんから届いていた！

思わず立ち上がって、拍手喝采をした。

すごいなあ。

それからもうひとつ、とても嬉しいメールがみっちゃんからも届いていた。

きのうの夕方、リカが女の子を産んだそう。

「おとといから陣痛に苦しんだ末ですが、出産時は、飛び出るようだったそうです」とのこと。

みっちゃんの初孫だ。

なんだか、私までおばあちゃんになったみたいな気持ち。

じんわりと嬉しい。

朝ごはんにゆうべのお粥を温め、絹ごし豆腐を細かくして加えてみた。

でも、やっぱり、梅干しだけの方がおいしい。

お米のおいしさが豆腐に負けてしまう。

豆腐もなんだか、大豆くささを感じてしまう。

豆腐を入れるなら、薄いだし汁に薄口醤油をほんの少し入れて炊いたお粥が合いそうだ。

それともべっこうあん（だし汁、酒、醤油ちょっとに片栗粉でとろみをつける）を作って、上にかけるか。

混じりけのない食べ物の味をいかすには、どうすればいいか。

それこそが土台の料理とか、根本の料理という感じがする。

さて今日は、日曜日の撮影に向けて、ゆるゆると支度をしよう。

ギャザースカートも縫いはじめよう。

お昼に、自分で焼いたパンでトーストサンドを作った。

具はクリームチーズとサラミソーセージを少し。

食欲がわいてきたし、お腹もずいぶん回復してきているみたい。

まだ、お通じはないけど。

二時ごろに管理人さんが、床材のはがれたのを直しにきてくださった。

私はお裁縫をちくちく。管理人さんはひとりごとを言いながら、廊下で作業をしてらっしゃる。

管「あいやー、まいった。〇〇すぎた。〇〇すぎた。どうしよ、これじゃあだめや。やり直しや」

よく聞こえないけど、たぶん「小さすぎた」とおっしゃった。

床材のシートを、小さく切りすぎたんだと思う。

開け放った玄関と窓からは、山から、海から風が吹き抜け、ラジオではアベ・マリアがかかっている。

管「高山さん、もう少し時間がかかりますけど、大丈夫ですか？」

私「はい。大丈夫です」

管「じゃあ、わたしはちょっと下へ下りて、持ってくるものを持ってきますわ。すみませんねえ」

三時半には完成。

とてもきれいに直してくださった。

私のギャザースカートも、次にヒロミさんに教わるステップの前までできた。

今日は、窓の外が乳白色だ。

霧が出ているんだろうか。

夜ごはんは、冷たくないぶっかけそうめん(焼き茄子、オクラ、豆腐、みょうが、生姜、ねぎ)。

早めにお風呂に入ってしまう。

風呂上がりに寝室の窓を開けたら、猫山の木が風に揺れて、「シャワシャワ」と鳴っていた。

シャワーの水音みたいな、炒めものをしているみたいな音。

猫山、猫山と呼んでいるけれど、山ではなく木が集まって山の形になっているだけなので、これからは「猫森」と呼ぶことにしよう。

六月二日(金) 晴れ

ゆうべの嵐は凄まじかった。

休みなく雷が鳴り響き、カーテンを閉めていても、雷光が部屋じゅうを照らした。

瞼《まぶた》をつむっても、目の中まで光が入ってきた。

ときどき窓を開けて見たら、紫がかった黄色い光で、空も海もそこらじゅうが覆われていた。

ガタガタと窓が揺れ、大粒の雨も降っていた。

でも私は、ちっとも怖くなかった。

胸はドキドキしていたけれど、大いなる自然のうごめきの中に、自分も含まれているような感じがしていたから。

嵐はしばらくして去った。

西の方角へ、音が移動していったような感じがした。

今朝は、プラスチックゴミの日。

山の入り口まで歩き、チチチチと咲く白い小さな花の小枝をもらってきた。

帰ってから調べると、「イボタの木」という名だそう。

若草色の甘いお茶のような、かすかだけれどとてもいい匂い。

ひとつひとつの花はとても小さく、百合の花の形をしている。

民家の垣根には、「ウツギ」の白い花も咲いていた。

この間まで青かった枇杷の実も膨らんで、色づきはじめていた。

そういえば去年は、スイカズラの花が山の入り口あたりに咲いていたような気がするけれど。

同じ本で調べたら、坂道のとちゅうでいつも水を飲む公園の生け垣からこの間もらってきた白い花は、「ネズミモチ」ということが分かった。

「イボタの木」によく似ているけれど、花のつき方や葉っぱの形が違う。

この本は、アノニマの村上さんにいただいた『にほんのいきもの暦』。

二十四節気の暦に沿って、植物や虫、鳥の写真が載っている。

誠実で控えめな感じのするデザインも、紙の手触りも、写真に添えられた言葉もとっても気持ちがいい。

この本を神戸に持ってきてよかったな。

ちなみに今は「小満（新暦の五月二十一日から六月四日まで）」だそう。


小満とは、万物がほぼ満ち足りていて、草木は枝葉を大きく広げ繁るという意味です。気温が徐々に高くなり、少し動くと汗ばむような薄暑《はくしょ》の日もあります。本格的な暑さを前に、外に出かけたくなる爽やかな陽気です。


さて今日は、撮影のためのレシピのまとめと、「たべもの作文」を書こう。

そう。

書くのを忘れていたけれど、そういえば今朝、ちゃんとしたお通じがあった。わずかだけれど。

お粥
梅干し
ひじき煮

まだ少しだけ胃がムカムカするので、薬は飲み続けている。

けっきょく今日は、レシピのことだけしかできなかった。あとは掃除。

夜ごはんは、お粥、梅干し、ひじき煮（ちくわ、コンニャク）、酢のもの（塩もみ人参、ゆでた貝割れ大根、らっきょうの汁）。

六月五日（月）晴れ

七時に起きた。

リーダーはまだ寝ている。

きのうは雑誌の撮影で、東京から懐かしい仕事仲間が集った。

「クウネル」でずっとお世話になっていた戸田ちゃんと、長野君。

リーダーは「気ぬけごはん」のイラストのための取材を兼ね、ボランティアで撮影のアシスタントをしにきてくれた。

ああ、楽しかったなあ。

思い出しても嬉しくなる。

撮影が終わってから、それぞれの仕事を軽くやって、その間にリーダーは白いチキンカレーを作ってくれた。

フードプロセッサーでスパイスをつぶしたり、カシューナッツをつぶしたり。お店で出しているカレーらしい。

リーダーは今、「インド富士子」でアルバイトをしているから。

カレーができあがり、私のじゃが芋のお焼きの支度もできたので、屋上に上り、海を見ながらビールを呑んだ。

でも、ふと気づけば、私以外の三人ともがスマホの画面を見て、海なんか見ちゃいない。

「なんで東京の人たちは、ここに山があるのに、山を見たり、空を見たり、海を見たりしないの？」と聞いてみた。

「あっ、そうですね、そうですね」と三人は答え、みんなで大笑いし、そのあとは景色を見た。

そして、六時くらいに今日子ちゃんとヒロミさんがいらした。

それからは東京家族&六甲家族の懇親会。

台所に新設したカウンターにテーブルをつなげ、遠くから夕焼けを眺めながら、食べたり呑んだり（そんなには呑んでいない。ワインを二杯くらいずつ）。

「あっ、飛行機が来た！」と今日子ちゃんが言えば、みな窓辺に駆け寄り、「えー、どこどこ？」「見えないよー」「あっ、分かった、ほらあそこ」。

レタスだけのサラダ（玉ねぎドレッシング）
大根と香味野菜の細切りサラダ
白いチキンカレー（リーダー作）

「あっちの空が、紫がかってきた」と私が言えば、またみんな駆け寄って窓辺に張りつく。

「わー、ほんとだ」「きれいだねー」「すごいねー」。

それがなんだか、やたらに楽しかった。

夜ごはんは、レタスだけのサラダ（玉ねぎドレッシング）、大根と香味野菜の細切りサラダ（カリカリ油揚げのっけ）、じゃが芋のお焼き（クリームチーズ、ディル）、ソーセージの天火焼き（ディジョン・マスタード）、マグロの中落ち（ねぎ、大葉、みょうが、黄身醤油）、焼き茄子とオクラのだし汁ひたし、白いチキンカレー（リーダー作）&ご飯。

デザートはチーズケーキ（今日子ちゃんのお手製）、チェコのクッキー（戸田ちゃんのお土産）、白ワイン、ビール。

今日はひと仕事して（『帰ってきた 日々ごはん③』の最終校正と「あとがき」の校正）、午後からリーダーと散歩した。

まずは、裏の山に入ってみた。

泉があるあたりまで上った。

山から出てきて、そのままいつも私が歩いている坂道を下り、神社でお参り。

「コープさん」、お花屋さん、八幡さま。

「かもめ食堂」でおいしいお昼ごはんを食べ、図書館（休館日だった）へ。

焼き肉スパゲティ
せん切り野菜のサラダ

六甲に戻ってきて、八幡さま、「月森」さん、「いかりスーパー」、またお花屋さん。

たくさん歩いたので、タクシーに乗って帰ってきた。

洗濯物をとり込みながら、屋上でジンジャー・ビール（今日子ちゃんのお手製の新生姜の砂糖煮を、きのうの残りの気のぬけたビールに混ぜた）。

ちょうど陽が沈むところで、涼しい風が吹いていた。

しばし、まどろむ。

下りてきたら、廊下のガラス窓のところに蛾が張りついていた。

蛍光色みたいな、薄緑のとても美しい羽。

はじめて見た。

きのうも東京チームと屋上にいたとき、白っぽく光る羽の蝶が飛んでいた。

小刻みに羽を動かし、ほとんど直線に進んでいたから、蝶の飛び方ではないな……と思っていた。

もしかしたらこの蛾だったのかも。

えー！　銀色蝶じゃん（書きかけのお話に出てくる）。

リーダーは今、お花屋さんで買って帰ったノコギリソウの絵を描いている。

夜ごはんは窓辺で、夜景を眺めながら食べた。

焼き肉スパゲティ（牛カルビ、椎茸、ニラ）、せん切り野菜のサラダ（大根、人参、みょうが、大葉、ポン酢醤油、ごま油、いりごま）。

この二日間一緒に過ごして分かったこと。

リーダーの口癖は、「キター！」。

六月七日（水）
薄い晴れのち曇り

ゆうべから雨。

しめしめみしみしと、しめやかな雨。

明け方、音を聞きながら眠っていたら、雨の音なのか、お腹の中で鳴っている音なのか聞き分けられなくなった。

半分は寝ぼけていたのだけど、たぶん両方で鳴っていたのだと思う。

鼻のつけ根の軟骨でも鳴っていた。

きのうは、洗濯物を屋上に干してあらかた仕事をし、午後からはまたリーダーとあちこち出かけた。

主に新開地の市場を散策。

串揚げ屋さんで立ち食いをし、喫茶店でフルーツサンド（私）とメイプルシロップ・トースト（リーダー）を食べ、三宮へ。

東京に帰るリーダー（バスで新神戸駅に向かった）を見送り、私は「ユザワヤ」でミシン糸やまち針など、ずっと欲しかったものを買って帰ってきた。

リーダーと一緒に過ごしていた間、ずっと楽しくて、なんだか吉祥寺時代が戻ってきたみたいだった。

でも、リーダーといることで改めて、すでに自分の体の半分は神戸の人になっているのも感じた。

今はまだ、うまいこと言葉にできないけど、なんだかはじめての感触だった。

このところずっと人に会ったり、外に出かけたりが多かったから、今日はひさしぶりにひとりの時間。

お昼ごはんを食べたら、「たべもの作文」を書こうかな。

夕方、空も海もすべてが白く、境目がなくなった。

夜になって霧。

夜ごはんは、味噌雑炊（ゆうべの味噌汁に冷やご飯、豆腐、ひたし豆を加え、卵でとじた）、ひじき煮、ちりめん山椒の佃煮（甘辛いもの、新開地で買った）、梅干し。

お風呂から上がって窓を開けると、紫紺の空に竜の雲が白くたなびいていた。

西の方角に流れ……消えかかるまで、ぼおっと眺めていた。

明日は急に、中野さんがいらっしゃることになった。

六月八日（木）晴れ

朝方は小雨が降っていたけれど、十時には上がった。

中野さんは十一時過ぎにいらっしゃった。

いらして早々、絵本の話をいろいろした。

体を動かしたくなったので、坂を下り、「月森」さんへ。

アイスクリームがぽっこりと溢れそうにのったコーヒーフロート（中野さん）と、ティーフロート（私）。

飲み物が出てくるまでのゆったりとした時間、本棚の絵本や詩の本を小声で読み合ったり、ぼそぼそと話したり。

八幡さまで休憩し、ゆらゆらと坂を上って帰ってきた。

満月は明日のようだけど、ほとんどまん丸。

月見をしながら食べた夜ごはんは、カシューナッツ、にせピータン豆腐（ゆで卵、長ね

カシューナッツ
にせピータン豆腐
鶏のフライパン焼き（中野さん作）

ぎ、香菜、オイスターソース、醤油、ごま油)、鶏のフライパン焼き(中野さん作)、ビール。

六月十日(土) 晴れ

きのうは中野さんをお見送りがてら、海に行った。

塩屋という駅で、揚げ物(鶏のチューリップ揚げ、コロッケ、春巻き)を買い食いし、しばらくあたりを散策したあとは、海岸線の道を須磨までまっすぐに歩き、とちゅうから浜に下りた。

そこは、ちょうど去年の今ごろにも歩いた場所(日記をふり返ってみたら六月十八日だった)。

海は太陽の光を受け、さざ波立った水面がキラキラチカチカと光っていた。ときどき海を見晴るかしながら、岩づたいに波打ち際を歩いた。

中野さんは少し前を歩いていて、その後ろから私も滑らないように進んでいたのだけど、拾った貝殻を洗おうとして、くるぶしまで波がかかってしまう。

波をかぶったとき、海水が厚みのあるレンズのようになり、自分の足とスニーカーの輪郭が大きく盛り上がって、白く光って見えた。

一瞬のことだったけど、時間が止まったような感じがした。

大人の私は（あー、やっちゃった）と反省し、すぐに靴下を脱いで足を拭きたかったのだけど、子どもの私は、（きれいで不思議だったあれを、もう一度見たい）と思っていた。

駅で電車を待っているとき、須磨海岸はなんとなく川上弘美さんの短編小説「海石《いくり》」に出てきそうなところだと思った。

六甲道から急行に乗れば、須磨まで十五分で来られることも分かった。

海が見たくなったら、ひとりでもぶらりとここへ来ればいいんだな。

元町で降りて、きんつば屋さんに行き、本屋さんに行き、三宮まで歩いてアイスコーヒーを飲んで、私と中野さんはそれぞれの方向の電車に乗り込み、帰ってきた。

それにしても、日傘を差してよく歩いた。

帰り着いたら、プールから帰ってきた夏休みの子どもみたいになっていた。

おかげでゆうべはよく眠れた。

朝起きて、お風呂の中で潮をかぶったスニーカーを洗った。

関西地方はおとついから梅雨に入ったそうだけど、雨が降ったのは一日だけで、ここ二日の間よく晴れている。

朝ごはんを食べてすぐ、マメちゃんに頼まれているエッセイを書いた。

豚肉と茄子とピーマン炒め
モズク酢
ちりめん山椒の佃煮

お昼ごはんを食べ、推敲する。

午後は「たべもの作文」の「く（串カツとクリーム）」を書く。

夕方、窓の外が白いなと思ったら、雨が降っていた。

夜ごはんは、豚肉と茄子とピーマン炒め（焼き肉のタレで）、モズク酢、ちりめん山椒の佃煮、ご飯。

『ムーミン』を見ながら食べた。

今夜も猫森の木が風に揺れ、シャワシャワと鳴っている。

今、日記を書いていて思い出したのだけど、きのう海に出かける前、たまたま窓辺に立っていた私は、風を孕《はら》んで丸く膨らんだレースのカーテンにすっぽりと包まれた。

そのとき、シャボン玉みたいな、光を通す透明な丸い膜の中に体ごと入ってしまったように感じたのだけど、今思うとそれは、海でスニーカーが波をかぶったときにそっくりだった。

カーテンが風になびいて引かれるのと、波が引いていくところも似ていた。

内側から外を見ている私と、スニーカーを外から見ている私。

視点の主客は逆転しているけど、なんだかデジャブーみたいだった。

六月十四日（水）晴れ

七時ちょっと前に起きた。

ぐっすり眠って、目が覚めたらもう朝だった。

おとついの朝、りう（娘）と塔吉（長男、そよの弟）が飛行機に乗って神戸にやってきた。

十時半に八幡さままで待ち合わせ。

私はいつもの神社でお参りし、お墓猫にも挨拶をして、十五分で坂を下りた（最速だった）。

八幡さまの境内の隅を、走りまわっている男の子がいた。

「とうきち？」と聞きながら私が日傘を振ると、「みーい？」と首をかしげ、叫びながらその子が駆け寄ってきた。

私は両手を広げて待っていて、キャッチした。

そのとたん、私は自然とおばあちゃんになった。

吉祥寺の家にはりうとトモさん（りうの夫）が、そよ（確か三歳くらいだった）と一緒に一度だけ連れてきてくれた。

あのころの塔吉は、ハイハイができるようになったばかりで、まだ一歳になっていなか

った と思う。

今はもう五歳で、保育園の年中さん。

ずいぶん大きくなり、顔も変わっているけれど、折々にりうが写真を送ってくれていたからすぐに分かった。

りうはちっとも変わらない。

相変わらず二十代にしか見えなくて、リュックひとつで近所に買い物にきたくらいの普段着に、ペタンコのスニーカー。

塔吉はものおじしない子みたい。

「今日は何したい?」と聞くと、片手を上げ、「オラ、観覧車のりてえっス!」と叫んだ。

『クレヨンしんちゃん』(大好きなんだそう)と茨城弁が混ざった言い方で。

ちょっと鼻にかかった、乱暴な感じのしない声。大き過ぎず、小さくもない声。

八幡さまの門を出て、マンションの二階で白いカーテンがはためいている
「MORIS」の窓を見上げながら、今日子ちゃんのことをりうに話していたら、後ろからついてきた塔吉が、「オラ、そこ行ってみたい!」と言う。

私「ほんとに?」

塔「うん、ほんと。オラ、そこ見てみたいもん!」

「MORIS」は定休日で、展示の準備中だったのに、今日子ちゃんはいつもと変わらずにあたたかく迎えてくださった。

塔吉が靴を脱いで上がろうとしたら、「ああ、そのままでよろしよ。ほら、見て、私も靴をはいているでしょ」

「そうだ。ジンジャーエール飲みませんか？　あ、せや、きのう焼いたチーズケーキもちょうどあるんです。食べていきませんか？」

今日子ちゃんは、子どもにも大人にも境なく等しく接するから、塔吉も「ねえ、今日子ちゃん、ジャンケンしよう」なんて言っていた。

そして、阪急電車で王子動物公園へ。

六甲に戻ってきて、「コープさん」までてくてく歩き、買い物。

五歳児に急坂が上れるかどうか心配だったのだけど、わざわざ溝に下りて歩いたり、出っぱったところによじ上ったりしながら、ヒーヒーして「オラ、もうだめ。サイテイになった」とか言いながらも、普通にひとりで上っていた。

とちゅうの、いつも私が水を飲む海の見える公園でも、すべり台でひとすべりしたり、うんていにぶら下がったり、けっこうひとりで黙々と遊ぶ。

塔「オラ、どんちゃん埋める。どこ埋めよっかなー」

どんちゃんというのは、動物園で拾ったどんぐりのこと。

りうはマラソンが趣味とかで大会にも出ているらしく、ほとんど息も上がらずに、いちばん最後の急坂は、ヒョイヒョイと走って上っていたくらい。

その後ろから、塔吉もケラケラ笑いながらついて行っていた。

私がいちばん最後に頂上に着いた。

うちに着いて、ビールを呑みながらりうとお喋りしているうち（その間塔吉は、『幼稚園』という雑誌の付録を組み立てたりして、ぐずりもせずにひとりで遊んでいた）、必要なものを買い忘れたのに気がついて、夕方もういちど三人で「コープさん」に行った。

塔吉は、眉間にひとさし指と中指を忍者みたいに揃えて当て、「シュンカンイドウ！」とか言いながら、走りながら下りていた。

ゆるやかなところでは、下半身だけの側転みたいなこともしながら。


ふたりはひと晩だけ泊まって、帰る日のお昼過ぎくらいに川に行き、お弁当を食べた。

塔吉は川の中で、立ったままおにぎりを食べていた。

私とりうもあとで川に入った。

地図みたいな模様のきれいな蝶が、私たちのまわりをヒラヒラヒラヒラとずっと飛んでいた。

それからまた坂を上ってうちに戻り、けっきょくタクシーに乗ったのは、帰るときだけ。

今朝、洗濯機をまわしながらトイレに入っていて、タクシーから下りたときのことをふと思い出した。

六甲駅に着いたとき、りうが「ありがとうございました」と運転手さんに声をかけながら先に下り、私も「お世話になりました」と言って、いつものように下りようとした。

そしたら塔吉が割り込んできて身を乗り出し、「うんてんしゅさん、アリガトゴザマース！」と、『クレヨンしんちゃん』の言い方で明るく言ったのだった。

私はトイレから出ながら、ブッ！　と吹き出し、声を上げて思い出し笑いをした。

あんまりおかしくて涙が出てきた。

笑いながら朝ごはんの食器を洗いはじめたら、流しに涙がぼとんと落ちた。

あれ？　私、なんで泣いているんだろ……と思ったとたん、なんだかとめどもなく出てきて、止まらなくなった。

この二日間の、りうと塔吉の思い出の洪水だ。

「みーい、ねえねえエグゼイド（仮面ライダーみたいなもの）の中で誰がいちばん好き？」

「ねえ、みいは何のアイテム（ゲーム用語らしい）持ってんの？　オラはねえ、〇〇と〇

○と○○持ってんだ」
「みーい、オラ牛乳のみてえ」

「みーい、どんちゃんみつけた。帽子が違うけど、逆さまにしても入るよ」

「オラ、みいとお風呂に入りたいかも。今日はカアカと入るけど、明日いっしょに入ろうかな」

「みいのうちテレビないの？　えー、ないの？　まじスか。じゃあムーピン（ムーミンのこと）見てもいい？」

「みーい、えー、なんでこれあんの。これ『ハウル（の動く城）』じゃん、オラこれ見たことある。オラ見てえっス、今見てもいいの？」

「みーい、ぼくじょう（屋上のこと）さあ、オラ、もっかい行ってもいいぜ」

「みーい、てんごくさあ、じゃなかった、ぼくじょうさあ、明日もっかい行く？」

「みーい、おしっこしてもいい？（私がお風呂に浸かっているとき、入ってきた）」

「みーい、ジャンケンしよう。さいしょはグー、じゃんけんグーチョキパー（親指、ひと差し指、中指の三本指をいちどに出して）、はいオラの勝ちー！」

きのう、川に行ったときだったかな。

坂を駆け下りる塔吉を追いかけ、「危ないよ」と後ろからはがいじめにしたら、左胸のところにたまたま私の腕が触れた。

小さな心臓が、すごい速さで脈打っていた。

トクトクトクトクトクトクトクトクトク。

私はそのとき畏《おそ》れおののいた。

こんなに小さな体で、生きている人がここにいることを。

この体の中には、肉のあまりついていない骨があって、お腹にはさっき食べたお菓子が入っていて、うんちも入っていて、おしっこも少し入っていて、肌のすぐ下では血も流れ、今はトクトクカクカクとよく動いているけれど、いつ壊れてしまってもおかしくない心臓が、ここにある。

その儚さを手に感じたら、思わず腕に力が入った。

りうのことも思い出した。

スイセイに連れられて行った神社で、りうにはじめて会ったときにも、りうはとても小さく、儚かった。

あーあ。

いやんなっちゃうなあ。

もう、このへんで日記はやめにしよう。

カレーライス
福神漬け
胡瓜と赤玉ねぎのサラダ

そろそろ「たべもの作文」を書かなくちゃ。

長くしつっこい日記を、ここまで読んでくださったみなさま、ありがとうございました。

あともうひとつだけ。

塔吉はカレーが大好物らしく、朝ごはんのとき、りうのカレーパンを横から手を出して食べていた。

私も大好きなそのカレーパンは、生地を揚げてない白っぽいもの。

中にぎっしり詰まっているキーマカレーは、けっこう本格的な味で、大人でも辛いのだけど（今日子ちゃんは辛過ぎて苦手だそう）、塔吉は何度も挑戦しては、牛乳のコップに舌をつっこみ、ベロベロと冷やしながら食べていたっけ。無言で。

夜ごはんは、塔吉がいるときにしてあげればよかったなと思いながらカレーを作り、食べた。

カレーライス（豚肉、ポールウインナー、玉ねぎ、じゃが芋）、福神漬け、おいしいらっきょう（中野さんのお母さんが今年漬けたもの）、胡瓜と赤玉ねぎのサラダ。

六月十五日（木）快晴

七時に起きた。

風もなく、ここ最近の中でいちばんよく晴れている。

朝ごはんを食べ、今日は醤油をしぼることに決める。

日記にはずっと書いていなかったけれど、去年の十月五日から仕込みはじめた手作り醤油の発酵が順調に進み、先月くらいから様子が変わってきていたのだ。

ちょっと前まで、表面に白い膜のようなのができ、最初はカビかと疑ったのだけど（カビかもしれないけど、良いカビだと思う）、いかにもおいしそうな濃厚な香りだったので、気にせずよく混ぜ込んでは味をみていた。

ふつふつと泡立つのもずいぶん前から収まり、五月の半ばくらいから、ふくよかで落ち着いたとてもいい匂いに変わっていた。

説明書には、「発酵分解、熟成」という言葉がある。

まさしくこれが熟成された匂いなのだろうか。

まず、布袋に入れてしぼってみた。なんとなく乳しぼりに似ている。

ぶじにしぼり終わったのだけど、濁ってしまった。

味はものすごくおいしいけれど。

鍋にあけていちど煮立たせ（煮沸しないとカビが生えるのだそう）、もういちど布袋で、こんどはしぼらずに自然に下に落ちるようにした。

時間がかかるけれど、ポトリポトリと落ちている。

この分でいくと、½カップくらいしか取れないかもしれない。

前に、きさらちゃんがしぼった醤油を見せてもらったときには、もっと透明感があり、量ももう少し多かったような気がする。

発酵が激しい最初のころに、私はいちどペットボトルから溢れさせてしまったし（そのあとはホーローの大きめタッパーに移した）、しぼり加減も適当だからかも。

でも、しぼったあとのもろみも、濃厚なうまみがある。

このもろみで、ご飯にのせて食べられるような、何かおいしいものを作ろうと思う。

説明書きには、「麹、米ぬか、酒粕の他、ビールや日本酒の呑み残しなどを加えると、しぼりかすのもろみをさらにおいしく楽しめる」と書いてある。

しぼりかすは八丁味噌の味にも似ているから、甘みをちょっと加えれば、麻婆豆腐のテンメンジャンの代わりにも使えそうだ。

それにしても部屋の中が味噌くさい。

さっき、洗濯物を干しにいって屋上から戻ってきたら、なんとも言えない濃い匂いがした。

なんとなく、人の体から発せられているような、生き物の匂い。

この醤油は生きているっていうことなのかも。

部屋には、おとつい描いた塔吉の絵が広げたままになっている。

川に行く前に、大きな紙（ほのちゃんたちが三月に遊びにきたとき、みんなで絵を描いた紙の裏側）を広げてやったら、塔吉はいちばん太い筆に赤い絵の具をつけ、道のようなものをすぐに描きはじめた。

「オラ、迷路かくー」と言っていた。

かすれてもまったく気にとめず、手に伝わる感触をおもしろがっているみたいに、体をくの字に曲げて、紙の上を歩いてじりじりと後ずさりしながら、ゆっくり線を引いていた。

絵を描こうとなんかしていなくて、絵の具のたまったところを筆でこすったり、「みい、ボールペン貸して」と言って、その上から細かく線を引いて重ねたり、引っかいたり。

なんか、ミロみたいな絵。

こういうおもしろいのを、子どもたちはみんな描くんだろうか。

いつからこういう絵が描けなくなるんだろう。

私がトイレから戻ってきたら、こんどは色鉛筆でカーブした何かを描いていた。

塔「みーい、これ何か分かる？」

私「あ、虹かなあ。虹？」

塔「うん、そうっス。虹っス」

私「バナナみたいだ。虹バナナだね」

そして「塔吉、この歌知ってる？」と私が歌いはじめたのは、前に中野さんが教えてくださった「にじ」。

中野さんが保育士時代に、子どもたちはこの歌が大好きだったそう。

「みんな、上手に歌うんですよ」とおっしゃっていた。

♪にわの　シャベルが　いちにち　ぬれて
あめが　あがって　くしゃみを　ひとつ
くもが　ながれて　ひかりが　さして
みあげて　みれば　ラララ
にじが　にじが　そらに　かかって
きみの　きみの　きぶんも　はれて
きっと　あしたは　いいてんき
きっと　あしたは　いいてんき

塔吉はちゃんと知っていて、すぐに一緒に歌いはじめた。
歌詞も覚えているし、素直な声でなかなか上手。
りうはその歌のことも、塔吉がそんなふうに歌えるのも知らなかったって。
私「保育園でいつ歌ってるの？」
塔「うーんと、集まって、名前を呼んだあと。いつも歌う」
続いて二番。

♪せんたく　ものが　いちにち　ぬれて
かぜに　ふかれて　くしゃみを　ひとつ
くもが　ながれて　ひかりが　さして
みあげて　みれば　ラララ
にじが　にじが　そらに　かかって
きみの　きみの　きぶんも　はれて
きっと　あしたは　いいてんき
きっと　あしたは　いいてんき

茄子のくたくた煮
餃子の中身のお焼き（いつぞやの餃子の具）
コンニャクの炒り煮

三番まで一緒に歌った。

あら？

今、塔吉の絵を眺めているのだけど……手の平に絵の具をつけて、ペタペタとハンコみたいに重ねていたところは羽根のようで、顔らしきところにちょうど目玉もあり、横向きの赤い鳥が立っているように見えないこともない。

夜ごはんは、冷や奴（醤油をしぼったときにボウルに残っていたのをかけた）、茄子のくたくた煮、餃子の中身のお焼き（いつぞやの肉だねの残りを丸め、冷凍しておいたものに片栗粉をたっぷりまぶし、ごま油でカリッと焼いた。ソースをかけて食べた）、ひじき煮、コンニャクの炒り煮、水菜のおひたし（すりごま、ポン酢醤油）、ねぎだけの味噌汁（しぼりかすのもろみを味噌代わりにした）、ご飯。

六月十七日（土）快晴

七時半に起きた。

朝から、たまらなくいい天気。

屋上に洗濯物を干しにいったら、白い半月が出ていた。

「たべもの作文」の「こ（コロッケ）」はきのうのうちに仕上げ、お送りできたので、今日は坂を下りて美容院へ行きがてら、図書館やら「めぐみの郷」やらあちこちまわろう。

「めぐみの郷」にはプラムを買いにいく。

プラムはまだ時季が早いようだったけど、和歌山産の赤く熟れたスモモが安かったので、四パック買ってきた。青梅も買ってきた。

図書館はお休み。

西宮北口にも電車で行ったのだけど、ドイツの布屋さんがお休みだったから、この間呑んでおいしかったウィーンの白をワイン屋さんで買ってきた。

六甲へ戻り、「MORIS」と「六珈」さんにDMの追加を持っていったり、「いかりスーパー」で買い物したり。

なんだかんだで五時半くらいに家に到着。

ふと窓を見たら、夕陽の当たっている対岸の海の一ヶ所だけが光っていた。

びっくりするほど金色。

さきおとついだったか、塔吉が「お陽さまが下にもあるよ!」と何度も叫んでいたときは、もっと東の方だった。

夕焼け空がいつも違うように、毎日、毎瞬間、太陽が反射する位置も、反射して光る場所も違うのだ。

今日の夕焼けは、茜紫の帯が太く、いつもより少しだけ派手だった。

夜ごはんは、オムライス（茄子、プレスハム、高知のお土産のトマトケチャップ）。

お風呂に入る前に梅酒を漬けた。

去年は黒砂糖を加えたら、最後の方は濁ってしまったので、氷砂糖（去年の残りがちょうどいい量だった）のみでやった。

そしてたまたま開封していないのがあったので、今年の梅酒は、本格焼酎で漬けてみた。おいしいのができるといいな。

ビンに入りきれなかった青梅は、ジャムにした。

明日はスモモの砂糖煮を作ろう。

これは、二十一日の「ギャラリーVｉｅ」でのトークショーのお客さんたちに、炭酸で割ってお出ししようと思う。

トークショーでは、『ほんとだもん』のデザインをしてくださった小野明さんとふたりで、絵本についてお話しする。

題して、「絵本って何？」。

そういえば『楽しいムーミン一家』にも、「クリスマスって何？」という回があったっけ。

小野さんは「クウクウ」にもよくいらっしゃっていた絵本編集者で、中野さんの絵と出会うきっかけとなった、絵本『おもいで』のデザイナーでもあります。

まだ席があるようなので、ご興味のある方はぜひいらしてください。

六月二十二日（木）曇り

二十日から「ギャラリーVｉｅ」での展覧会がはじまった。

中野さんはうちに泊まってギャラリーに通い、大きな絵をライブで描いていらっしゃる。

今日は三日目で、最終日。

さっき、ギャラリーのフェイスブックを見たら、仕上がった絵の写真が公開されていた。

太陽が眩しいどこかの国の海辺の街のようにも、大きな船のようにも見える。

きのうは、小野さんとのトークイベントがぶじ終わり、打ち上げもまたとても楽しかった。

一次会は、明石焼がおいしい居酒屋。

二次会はコージさんが連れていってくださったイタリアンのレストランで、お店の外にテーブルを出し、夜風に吹かれながら赤ワインを呑んだ。

十五年以上も前、頻繁に「クウクウ」にいらしていたコージさんと小野さんが、こうして目の前にいることの不思議。

あれからコージさんは神戸に移住し、厨房で鍋をふったり皿洗いをしていた私もなぜか神戸に住むことになり、『ほんとだもん』をデザインしてくださった小野さんとも、十五年以上ぶりにこうして一緒にワインを呑んでいる。

コージさんの隣には、中野さんがいらっしゃる。

コージさんに「なおみクン」と呼ばれたとき、嬉しさがこみ上げた。

ゆうべは潤ちゃん（京都にある絵本店「メリーゴーランド」の）がうちに泊まった。

と、ここまで書いたのだけど、もうこれ以上日記が書けないや。

たくさんの人たちに会って、楽しいことがどかどかとあって。

落ち着いたら、また書くことにしよう。

今夜、中野さんは櫻井さんとお打ち合わせで、帰りが遅くなる。

夜ごはんは、マルちゃん正麺。

六月二十五日（日）
雨のち曇り、のち雨

十一時半にうちを出て、阪急電車で夙川に行き、香櫨園《こうろえん》まで川沿いを歩いてまた電車に乗り、つよしさんの家へ行った。

駅に着いたら雨が上がって、晴れ間が出ていた。

つよしさんは駅まで迎えにきてくださった。

気持ちがいいので、電車からちらっと見えた古い神社までふたりで散歩した。

そこは、つよしさんが子どものころに、よく遊んでいた神社だった。

つ「ふふふ。よく、この狛犬によじ上ってました。小さいころにはとっても大きかったんやけど、それだけ私の体が小さかったんやなあ」

狛犬は、私の腰の高さほどしかない可愛らしい大きさ。

池には鯉と亀がいた。

池は、つよしさんが描いた絵本『「とうさん」』に出てくる沼みたいに緑色だった。

つよしさんの部屋で、昔描いた絵や新しい絵をたくさん見せていただいた。紙版画も。

誰かに頼まれているというわけではないのだけど、もしかすると、新しいお話がはじまりそうな予感。

夕方、てくてく歩いて喫茶店でコーヒーを飲み、隣町の駅近くの大きな「いかりスーパー」で買い物をして帰ってきた。

帰りも川沿いを歩き、夙川から阪急電車に乗った。

冷や奴（自家製醤油）
もやしとえのきのオイスターソース炒め
南瓜とじゃが芋のサラダ

六甲の駅前で、焼き鳥を二本買った。

夜ごはんは、冷や奴（自家製醤油）、もやしとえのきのオイスターソース炒め（にんにく、バジル）、焼き鳥、南瓜（茨城の江戸崎南瓜、りうが送ってくれた）とじゃが芋のサラダ。

六月二十六日（月）
晴れたり曇ったり

たっぷり眠って八時に起きた。

雨かとあきらめていたら、よく晴れている。

朝ごはんを食べながら洗濯大会。

部屋干ししていた洗濯物を屋上に干しにいき、乾いたのをとり込み、また新しく洗濯したのを干し……と、エレベーターで何往復もした。

あちこち掃除機をかけ、雑巾がけ。

扇風機の埃が気になり、きれいに拭いたりもした。

先週は中野さんが五泊し、「メリーゴーランド」の潤ちゃんが一泊し、二十三日には櫻井さんがごはんを食べにいらっしゃった。

その日のメニューは、南瓜の炊き込みご飯、もろみ（自家製醤油のしぼりかすに甘酒、酒、みりんを加えて煮込み、青山椒の佃煮と大葉をたっぷり刻んで入れた）、大葉キムチ（大葉を塩漬けにし、きゅっとしぼってコチュジャンで和えた）。

お昼ごはんのあとは、いろいろお喋りし、夕方になりかかってから窓辺で白ワインをゆるゆると呑みながら、料理をこしらえてはお出しした。

元町商店街の水曜市で、親指の先ほどの丹波産の小粒新じゃがをみつけたので、塩ゆでにした（ゆでたてを半分に切り、冷たいバターをはさんで食べた）のと、「リソレ」を作った。

「リソレ」というのは、前にフランスに行ったとき、じゃが芋と岩塩が特産のノワール島の奥さんから教わった。

たっぷりのバターを泡立てながら、小さな新じゃがを香ばしく炒める（まわりがカリッとするまで）。

とてもうまくいった。

あとは、何を作ったのだっけ。

あちこちすっかり掃除をした部屋で、窓をいっぱいに開け、先週のことなどふり返りながらこうして日記を書いている。

ひじき煮
南瓜の薄炊き
味噌汁（小粒新じゃがの残り、大葉）

水曜市で買ったバジルで、バジルペーストとトマトソース、夜ごはんのひじきと南瓜を煮ながら。

先週は、中野さんともいろいろな話をたくさんした。

たくさんというより、深い話を少し、なのかな。

ひとつ終わるごとに、すみずみまで雑巾がけをし、風を入れることで空気がまっさらになるみたいに、またこれから新しいことがゆっくりと立ち上がり、はじまっていくのだと思う。

発進！

夜ごはんは、ひじき煮（だしをとったあとの昆布も、ひじきと同じ細さに刻んで煮た。細く切った油揚げ）、南瓜の薄炊き、納豆（オクラ、みょうが）、味噌汁（小粒新じゃがの残り、大葉）。

六月二十八日（水）
雨のち晴れ

朝は、しっかりとした雨が降っていた。

海も空も真っ白だけど、晴れ間が出てきた。

小鳥も鳴いている。

このところの湿気で、洗濯物のタオルがなんとなしにぷーんと匂っていた。

それは黒いタオルだったのだけど、漂白剤に浸けておいたら、ライ麦パンみたいないい感じの茶色になった。ちょっとまだらだけど。

さーて、今日は何をしよう。

雑誌の校正が終わったら、「たべもの作文」を書こうかな。

「さ（魚屋さん）」と「し（生姜）」。

二階の机でやろう。

今日の「ムーミン日めくり」の言葉は……


スナフキンも、ここにいるぼくたちとおなじように、たぶん幸福にしていると思うのですが、どうかあの人がうまくテントをはって、明るい気持ちでいますように（ムーミントロール『たのしいムーミン一家』より）

そうそう。

おとついの明け方だったかな、五時と六時くらいに二度変な電話がかかってきた。

どちらも一回だけ鳴って、切れた。

こういうの、ワン切りと言うのだっけ。

なんだかちょっと、いやな気持ち。

いたずら電話かもしれないので、ゆうべは電話機の電源を切って寝てみた。

半分寝ぼけながら考えたのはこんなこと。

(もしかすると、ひとり暮らしをはじめたばかりの娘か息子のいるお母さんが、モーニングコールをしているのかもしれない。お母さんは、電話番号を間違えたまま、気づかずにうちにかけてしまっているのだ)

作り話が得意でよかった。

午後、アノニマから『帰ってきた日々ごはん③』のカバーまわり一式が送られてきた。

マメちゃんの絵も、スイセイのデザインもとってもいい! すばらしい!

これは、マメちゃんの絵が最大限にいかされたデザインだと思う。

四時くらいに「コープさん」へ。

坂道のところで蝶を拾った。

今さっき死んだばかりみたいで、小さなアリがたかりはじめていた。

表はオレンジ色に黒の斑点、白いスジ、裏に返すとヒョウ柄のような細密な模様。

チャーハン
茄子のフライパン焼き
サーモンのムニエル

とてもきれい。

葉っぱの間にはさんで、「コープさん」のビニール袋に入れ、壊れないよう大切に持ち帰った。

帰って写真を撮った。

中野さんにお送りしたら、電話をくださった。

「それは、ツマグロヒョウモンです」とのこと。

前に、ハンダづけのメッキみたいに光る突起が点々とついた、黒いサナギの話を聞いたことがあったのだけど、それはこの蝶のものなのだそう。

中野さんの家では今日、ユウトク君が飼育していたツマグロヒョウモンが、何羽も羽化したらしい。

虫カゴのふたを開けて逃がしていたら、中野さんの黄色いTシャツに一羽がずっととまっていたのだそう。

なんだか今日は、じんわりとしたいい日だったな。

早めにお風呂に入って、ひとり乾杯をしよう。

海に向かって。

夜ごはんは、チャーハン（南瓜の炊き込みご飯の残りに、ひじき煮を加えて炒めた。コチュジャン添え)、茄子のフライパン焼き、サーモンのムニエル。

六月二十九日(木)
※天気を記録するのを忘れました。

六時前に起きた。

もうすっかり明るくなっている。

雨は止んだみたい。

と思ったら、道路の端にひとつだけある水たまりに、小さな波紋ができている。

それで、まだ雨が降っているんだと分かった。

目をこらしてみても、空中の雨は見えない。

まだ早いので、ベッドの中で本を読み、七時過ぎに起きた。

櫻井さんが送ってくださった、「ヨーガンレール」のハッカ茶がとてもおいしい。

香りがやわらかなのに、お茶としてのコクもちゃんとあって、透き通った黄色がとてもきれい。

きのうはそのまま飲んだので、今朝は紅茶に混ぜてみた。

「わあ、おいしい!」と、声が出るほどのおいしさ。

ひき肉のたっぷり詰まったオムレツ
南瓜の薄炊き
味噌汁（茄子）

今日は、十時から二時まで停電の日だから、シャキシャキと動こう。

朝ごはんを食べながらご飯を炊いて、お弁当を作った。

電気が止まると、水道も止まるそうなので。

まだ九時なのだけど、外の道路には車が停まってずいぶん賑やか。黄色いヘルメットをかぶった作業の人たちが、九人もいる。

今は細かな雨が降っていて、空も海も白くけぶっているけれど、なんとなしに明るい。

今日もまた「たべもの作文」。

きのう「さ」を書いたので、今日は「し」を書こう。

それが終わったら、『帰ってきた日々ごはん③』の最終校正だ。

十時ちょっと前に、管理人さんがお知らせにきてくださった。

「これから電気が全部止まります。水も控えめに使うようにお願いします。トイレは小でしたら大丈夫ですが、大はちょっと……上のタンクの水がすぐになくなりますのでね。終わったら、またお伝えしにまいりますー、えらいすんません」

夜ごはんは、ひき肉のたっぷり詰まったオムレツ（レタス添え）、南瓜の薄炊き（いつぞやの。マヨネーズをちょっとしぼった）、味噌汁（茄子）、白いご飯。

六月三十日（金）
霧と雨のち晴れ

朝起きたとき、どこもかしこも真っ白だった。

霧だ。

いちどは、下の街がぼんやり見えるくらいに薄くなったのだけど、ゴミを出しにいき、朝ごはんを食べ終わり、今こうして日記を書いているうちに、下界はまた霧に覆われた。

目の前の道路の方まで押し寄せてきている。

とても静か。

心が鎮まる。

こんな日は、文を書くのにぴったり。

また二階の机で、続きの作文をやろう。

「たべもの作文」は二時くらいに仕上がり、お送りした。

空も少しずつ晴れてきた。

スイセイから、『帰ってきた日々ごはん③』のアルバムのレイアウトが送られてきた。

すごーい！

まるで、玉手箱のように楽しいページ。

こんなのいままで見たことがない。

そのあと電話で、キャプションについての希望事項を聞いた。

スイセイはこれから郵便局で用事をすませ、温泉に行くのだという。なんだか忙しそうだった。

私は、あちこち掃除。

明日は、中野さんが新しい絵本の原画の一部を持ってきてくださるので、いらない箱を片づけたり、棚を整理したり、汗をかきながらやった。

夜ごはんは、スパゲティ（バジル入りトマトソース）、オムレツ（ゆうべの残り）、サラダ（レタス、ピーマン、人参、玉ねぎドレッシング）。

スパゲティ（バジル入りトマトソース）
オムレツ（ゆうべの残り）
サラダ（レタス、ピーマン、人参）

＊6月のおまけレシピ

南瓜とじゃが芋のサラダ

南瓜⅛個（種をのぞいて約200g）　メイクイン２個
クリームチーズ50ｇ　マヨネーズ大さじ２　粒マスタード小さじ１
その他調味料（作りやすい分量）

「クウクウ」で働いていたころ、ランチに添える小さなおかずとしてよくこのサラダを作っていました。南瓜は⅛個を切らずに皮のついたまま、じゃが芋も丸ごとせいろで蒸すと、ホクホクねっとりします。男爵でもおいしくできますが、メイクインでするとさらにきめ細かく、南瓜と合わさることで、ほんのり甘めのクリーム色のマッシュポテトのようになります。味のポイントはクリームチーズと粒マスタード。食べる前に黒胡椒をひいてください。


南瓜はできるだけワタをつけたまま（ここが甘くておいしいところ）種だけをのぞいて、皮をむかずに用意します。メイクインはタワシで泥を洗います。

湯気の上がったせいろに南瓜とメイクインを並べ入れ、竹串がスッと通るまで、やわらかく蒸します。

南瓜が先にやわらかくなるのでボウルに取り、ペティナイフで皮を薄くそいだら（塩をふって食べてしまってください）、すりこぎで粗くつぶしておきます。

メイクインがやわらかくなったら、熱いうちに皮をむいて南瓜のボウルに加え、つぶします。ところどころかたまりを残しても、なめらかにつぶしても、お好みで。南瓜とメイクインがあたたかいうちに塩を軽くふり、下味をつけておきます。

クリームチーズを加えて溶かしながら混ぜ、マヨネーズと粒マスタードを加え、ざっくり混ぜたらできあがり。
※容器に移し入れ、冷蔵庫で５日間ほど保存可能。お弁当のおかずにも向きます。

＊このころ読んでいた、おすすめの本

『ほのちゃん』中野真典　WAVE 出版
『銀の匙』中 勘助　角川文庫
『トムテ』
　作／ヴィクトール・リードベリ　絵／ハラルド・ウィーベリ　訳／山内清子
　偕成社
『こんとあき』林 明子　福音館書店
『親愛なるミスタ崔　隣の国の友への手紙』
　著／佐野洋子・崔 禎鎬　訳／吉川 凪　クオン
『むぎばたけ』
　作／アリスン・アトリー　絵／片山 健　訳／矢川澄子　福音館書店
『グレイ・ラビットのおはなし』
　作／アリソン・アトリー　絵／マーガレット・テンペスト
　訳／石井桃子・中川李枝子　岩波書店
『にほんのいきもの暦』財団法人 日本生態系協会　アノニマ・スタジオ
『「とうさん」』文／内田麟太郎　絵／つよしゆうこ　ポプラ社

あとがき

あんまり緑がきれいなので、さっき二階の窓から顔を出し、歯磨きをしてきました。ここに暮らすようになってそろそろ五年目、日記に登場する、ある日とつぜん幹を切られてしまったモミの木（本当はヒマラヤ杉）たちも、あれからずいぶん成長しました。背丈はまだ低いけれど、先がとがってちゃんとクリスマスツリーの形に戻ってきています。

ツバメが空を旋回し、足の長い蚊みたいな虫がふらふら飛んで、寒くもなく、暑くもなく、一年のうちで今がいちばんみずみずしい季節。ちかごろ私は陽の出とともにカーテンを開け、ベッドにもぐったまま空を眺めたり、目をつぶったり、よくうつらうつらしています。六時になるとラジオをつけ、バロック音楽を流しながらまたうつらうつら。天気予報と七時のニュースを聞いて、えいっ！と起きる。そのころにはもう、部屋の中は朝の光でいっぱいです。

『帰ってきた 日々ごはん』の七巻目は、神戸に越してきてはじめて迎えるお正月から、梅雨までの半年の記録。私のひとり暮らしもこれで季節がひと巡りしました。

読み返してみて、なんだかこの巻はスノウボールのようだなあと感じました。どこかに出かけていっては、新しい景色やはじめての人たちに出会い、そのたびに私は心を震わせています。まるで空から光の粉が降ってくるみたいに、あちこちできらきら輝き、その光に反射するように歌もよく歌っています。自分でも気恥ずかしいくらい。

きっと、何もかもが新鮮で、わき上がってくる歓びに包まれていたのでしょう。体の内と外がひっくり返るほどのできごとを経て、ようやく少しだけ肌が乾いてきたころなんだと思います。

けれども同時に、心の隅にはいつも不安な気持ちを抱えていたことも思い出します。そういうときは、なおのこと光るんだと思うんです。

一月二十四日には、おまじないの夢が出てきます。絵本の種や思いついた言葉などを書きとめる「ひらめきノート」に、イラストつきで記しておいたので、ちょっと引用してみます。

「心安らかになるおまじない。布を折りたたんでお腹にのせる。そのたたみ方が大事。重なったところのスキマから、何かが出てゆく。あるいは入ってくる。それは、手の平を重ねるのと同じこと」

私が夢から解釈したのは、つまりこういうこと。自分の体の中にたまっているよくないものは、布の隙間を通して外に出てゆく。すると反対にいいものが入ってきて、体に充満する。これは布だけでなく手の平でもできる。ただしこのおまじないは、そうなることを信じて行わないと効き目がない。

このおまじないには本当に助けられました。両手の平をずらして重ね、おへそより少し下に当てて深く呼吸をするのです。寝る前や起き抜けに、よくベッドの中でやっていたっけ。

最後になりましたが、この巻にぴったりな紫色の幻想的な絵（銅版画）で本のカバーを飾ってくださった絵本作家のつよしゆうこさん、ありがとうございました。

つよしさんの家に行ったのは、六月の終わりの雨上がりの午後でした。あの日は、展覧会で発表したばかりの絵、アフリカを旅した日々に描かれた絵日記のような帳面など、他にもたくさん見せていただきました。大扉と月ごとの扉の絵（三月以外は、紙版画の版だそうです）は、私が撮影したもの。ピンボケ写真が混ざってしまっているのは、目の前でくり広げられるつよしさんの世界をドキドキしながら撮った結果です。

そして「誰かに頼まれているというわけではないのだけど、もしかすると、新しいお話がはじまりそうな予感」と日記にも書きましたが、それは『ふたごのかがみ　ピカルとヒカラ（絵・つよしゆうこ）』という絵本になって、今年四月にあかね書房から刊行されました。

つよしさんはもともと絵描きの中野真典さんの友人で、私がまだ吉祥寺に住んでいたころに、「空色画房」で出会いました。『どもるどだっく』の絵を描いてくれる人を探していた、あのころ。芳名帳の私の名前を見て、声をかけてくださったのです。

「高山なおみさんですか？　私が体調を壊していたころに、中野さんがなおみさんの『高山ふとんシネマ』を貸してくださって、何度も読みました」

あのときのことは日記には書けなかったけれど、忘れられません。後日、仲良しになったつよしさんは「ものすごう勇気を出して、声をかけました」と笑っていましたが、何のつながりもないと思っていた私たち三人の間に、細い糸をつないでくれたひと言でした。

六甲にもまた、緑のむんむんする季節がやってきます。そろそろ大きな蜂が部屋に迷い込んでくるころでしょうから、窓を開けっ放しにしておかないよう気をつけなくては。

みなさんのところにこの本が届くころ、世界はどうなっているでしょう。

新型コロナウイルスの勢いが収まり、いろいろなことが今よりは落ち着いて、みなさんの暮らしに少しでも平穏が戻ってきていることを祈りつつ、ここ数カ月の日々のことを、私は忘れないでいようと思います。

二〇二〇年五月　レースのカーテンが風を孕む日

高山なおみ

◎　スイセイごはん
「なにぬね野の編　2」

19歳で広島から単身上京し、それ以来30数年東京で過ごした。東京で大人になり、多くの体験をし、ライフスタイルを身につけたのも東京でだった。
結婚もして、「閑静な住宅街」っていうやつで、20年暮らしていた。

そんな、ある日。
一見いつもと変わらないある日のこと、上空に巨大な断裁機が現れた。見上げていると、断裁機の大きな口が開いて、その中から真っ直ぐでとても長い金属の刃が光っている。
ズ、ズ。
ゆっくりだが確実に刃物が降りはじめ、おれのすぐ横の地面に突き刺さった。

気がつくと、おれはまったく違う場所にいた。
見知らぬ土地、見知らぬ家、ここがどこかわからなかった。
どうしてここにいるのかわからなかった。
家族もおらず、ひとりになった。

それから4年経った。
人の暮らす場所の、中央ではなく端のほう。
もう、この向こうは、獣しかいない「森」。
その「森」の手前の、「野」。
ここを、「野の編」と名付けた。

野の編は、地が平らで見晴らしがよく、いろんなものがよく見えた。
今まで住んでいた東京のこと、家族のこと。
おれは体をなくしたタマシイのようになって、自分が歩いてきた道を逆にたどった。

だだっ広く薄暗いコンサート会場の、中央のステージ、のようなところ。そこだけ照明が当てられてなにかがうごめいている。

そこにはかつての自分とそれを取り巻いているようすが現れていて、それをおれは会場の隅の暗がりから眺めるのだった。


家事は家族に任せっきりだったので、そのやり方がよくわからなかった。

どの店でなにを買い、なにを作って食べるのか、よくわからなかったから、いろんなところに出かけ、いろんなものを買い、作っては試した。

ただ、すぐに自分が志向する何かしらかが立ち上がってきて、おれの手を引いてくれたから、果てしない迷路に入り込んで悩むことはなかった。

自分が志向する何かしらかは食事だけでなく、いろんなことのコタエをすでに持っていた。

初体験のはずなのに、まるで初体験ではないようだった。

空が明るいときに降る雨の音と、土鍋でごはんを炊く音はよく似ている。

ブツブツ、グツグツ。

独り言がいつまでも終わらない。

ごはんのおかずは、母家の裏手に自生するフキを昨日炒めたのと、やはり自生する梅を漬けた去年の梅干し。

午後は畑に出て、ヨシの地下茎をちょっとでも取りたいが、天気しだい。

ここらの地面はもちろん土、むき出しの土。

誰が植えなくても勝手に植物が生える。

植物が生えるとたくさんの虫や鳥が自由に往来し、裏山から動物が下りてくる。

畑はシカの通り道になり、イノシシは穴を掘る。

「どうして、こんなところにいるのか。」と、よく思う。
体をなくしたタマシイが揺れ動くような浮遊感は、まだある。
それでも、迷うたびに答えてくれる自分の奥底の確かさを、おれは信じる。

よく晴れている　なにかあったか　なにもなかった

２０２０年　スイセイ

スイセイ、そして落合郁雄工作所
発明家・工作家。広島市生まれ。

2002年、ホームページ「ふくう食堂」創業。

2003年、家内制手個人工業「落合郁雄工作所」起動。

2016年、高山なおみとの共著書『ココアどこ わたしはゴマだれ』（河出書房新社）。

現在、山梨にて自然を含めた工作の試み「野の編」展開中。

公式ホームページアドレス　http://www.fukuu.com/kousaku/

高山なおみ 日記もの 年表　2002〜2020年

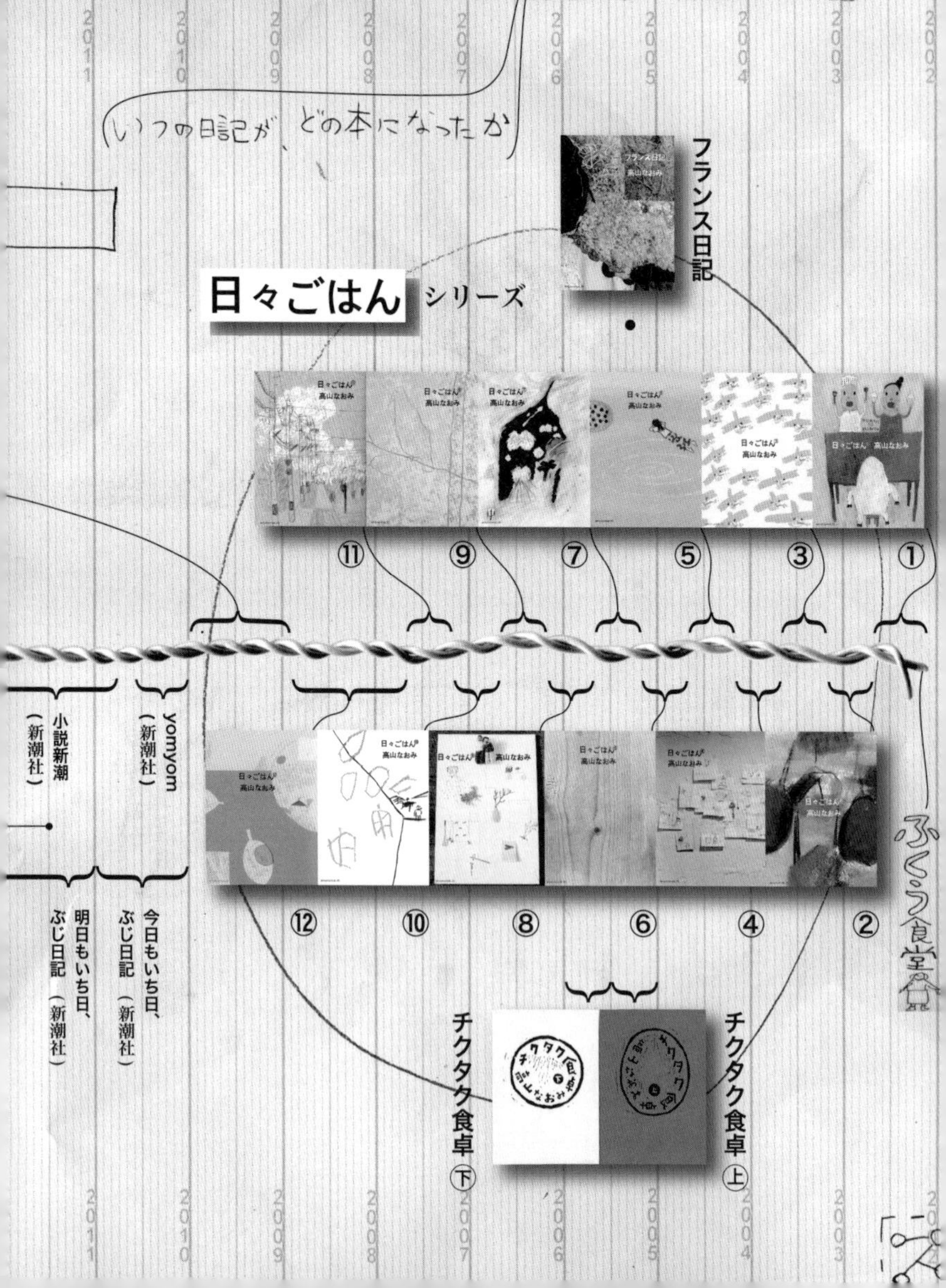

2021 2020 2019 2018 2017 2016 2015 2014

帰ってきた 日々ごはん シリーズ

①

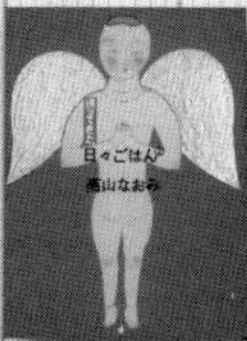

②

③

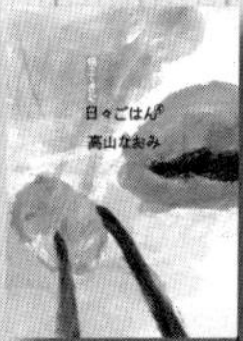

④

⑤

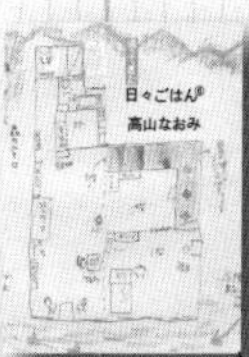

⑥

考える人／ウズベキスタン日記（新潮社）

きえもの日記（河出書房新社）

帰ってきた 日々ごはん⑦

2021 2020 2019 2018 2017 2016 2015 2014

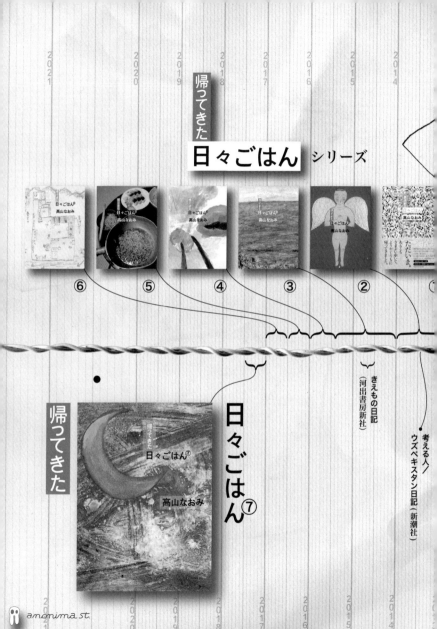

本書は、高山なおみ公式ホームページ『ふくう食堂』に掲載された日記「日々ごはん」（２０１７年１月〜６月）を、加筆修正して一冊にまとめたものです。

高山なおみ　1958年静岡県生まれ。料理家、文筆家。レストランのシェフを経て、料理家になる。におい、味わい、手ざわり、色、音、日々五感を開いて食材との対話を重ね、生み出されるシンプルで力強い料理は、作ること、食べることの楽しさを素直に思い出させてくれる。また、料理と同じく、からだの実感に裏打ちされた文章への評価も高い。著書に『日々ごはん①～⑫』、『帰ってきた 日々ごはん①～⑥』、『野菜だより』、『おかずとご飯の本』、『今日のおかず』、『チクタク食卓㊤㊦』（以上アノニマ・スタジオ）、『押し入れの虫干し』、『料理＝高山なおみ』（以上リトルモア）、『今日もいち日、ぶじ日記』、『明日もいち日、ぶじ日記』（以上新潮社）、『気ぬけごはん』（暮しの手帖社）、『新装 高山なおみの料理』、『はなべろ読書記』（以上KADOKAWAメディアファクトリー）、『実用の料理 ごはん』（京阪神エルマガジン社）、『きえもの日記』、『ココアどこ わたしはゴマだれ（共著・スイセイ）』（以上河出書房新社）、『たべもの九十九《つくも》』（平凡社）など多数。絵本に『アン ドゥ（絵・渡邉良重）』（リトルモア）、『どもるどだっく』（ブロンズ新社）、『たべたあい』（リトルモア）、『ほんとだもん』（BL出版）、『くんじくんのぞう』（あかね書房）以上絵・中野真典、『おにぎりをつくる（写真・長野陽一）』（ブロンズ新社）、最新刊は『ふたごのかがみ ピカルとヒカラ（絵・つよしゆうこ）』（あかね書房）。2020年6月に新作『それから それから（絵・中野真典）』（リトルモア）が刊行予定。

公式ホームページアドレス　http://www.fukuu.com/

帰ってきた　日々ごはん⑦
2020年7月5日　初版第1刷　発行
著者　高山なおみ
発行人　前田哲次
編集人　谷口博文
アノニマ・スタジオ
東京都台東区蔵前2-14-14 2F　〒111-0051
電話　03-6699-1064
ファクス　03-6699-1070
http://www.anonima-studio.com
発行　KTC中央出版
東京都台東区蔵前2-14-14 2F　〒111-0051
印刷・製本　株式会社廣済堂

ISBN978-4-87758-807-6 C0095
日本音楽著作権協会（出）許諾第二〇〇四七〇〇-〇〇一号

アノニマ・スタジオは、
風や光のささやきに耳をすまし、
暮らしの中の小さな発見を大切にひろい集め、
日々ささやかなよろこびを見つける人と一緒に
本を作ってゆくスタジオです。
遠くに住む友人から届いた手紙のように、
何度も手にとって読みかえしたくなる本、
その本があるだけで、
自分の部屋があたたかく輝いて思えるような本を。

anonima st.